Zu diesem Buch

Italo Svevo (eigtl. Ettore Schmitz), geboren am 19. Dezember 1861 in Triest, besuchte eine deutsche Schule (Segnitz bei Würzburg), erhielt eine kaufmännische Ausbildung in Triest, wurde Bankangestellter und später Unternehmer. Seine ersten beiden Romane setzten sich nicht durch. Entdeckt und gefördert wurde er erst durch James Joyce und Valéry Larbaud. Noch vor dem Durchbruch der Psychoanalyse machte Svevo die psychologische Erforschung des Durchschnittsmenschen und seiner banalen Existenz zum Stoff seiner Romane, in denen er auch bereits die Technik des Bewußtseinsstromes ausbildete. Er gilt heute neben Joyce, Proust, Kafka und Musil als bahnbrechender Erzähler der modernen Weltliteratur. 1923 erschien sein Hauptwerk, der Roman «Zeno Cosini» (rororo Nr. 13485), dessen Raucherkapitel, gelesen von Walter Schmidinger, auch in der Reihe «Literatur für KopfHörer» vorliegt.

In der Reihe der rororo-Taschenbücher liegt ferner der Roman «Ein Mann wird älter» (Nr. 13523) vor. «Die Novelle vom guten alten Herrn und vom schönen Mädchen» wurde mit Peter Pasetti und Leslie Malton von Margit Saad für die ARD verfilmt.

Im Rowohlt Verlag erschienen seine Gesammelten Werke in Einzelausgaben – Band 1: «Die Erzählungen 1», Band 2: «Die Erzählungen 2», Band 3: «Ein Leben» (Roman), Band 4: «Ein Mann wird älter» (Roman), Band 5: «Autobiographisches Profil» (Tagebuchaufzeichnungen, Notizen, Fabeln, Briefe), Band 6: «Theaterstücke, Essays», Band 7: «Zeno Cosini» (Roman). Italo Svevo kam am 13. September 1928 bei einem Autounfall ums Leben.

Italo Svevo

Die Novelle vom guten alten Herrn und vom schönen Mädchen

Deutsch von
Piero Rismondo

rororo
Rowohlt

Die Originalausgabe erschien 1929 unter dem Titel
«La novella del buon vecchio e della bella fanciulla»
in Italo Svevo: «La novella del buon vecchio e della bella
fanciulla e altri scritti», Morreale, Mailand
Die Übersetzung wurde für die Ausgabe innerhalb der
‹Gesammelten Werke in Einzelausgaben›
neu durchgesehen von Ragni Maria Gschwend

7.–14. Tausend Juli 1995

Veröffentlicht im Rowohlt Taschenbuch Verlag GmbH,
Reinbek bei Hamburg, Juni 1990

Diese Ausgabe erschien zuerst
in der Reihe «Rowohlt Jahrhundert»
Umschlaggestaltung Walter Hellmann
(Abbildung: Letraset Phototone)
Gesamtherstellung Clausen & Bosse, Leck
Printed in Germany
990-ISBN 3 499 13644 9

Die Novelle
vom guten alten Herrn
und vom
schönen Mädchen

I

Zum Abenteuer des guten alten Herrn gab es ein Vorspiel, das aber fast unbemerkt von ihm verlief. Während einer kurzen Arbeitspause mußte er in seinem Büro eine alte Frau empfangen, die ihm ein junges Mädchen, ihre Tochter, vorstellte und anempfahl. Die einführenden Zeilen eines seiner Freunde hatten den beiden Zutritt zu ihm verschafft. Mit seinen Gedanken noch bei den Geschäften, denen er entrissen worden war, betrachtete der alte Herr etwas geistesabwesend das Billett und zwang sich, rasch hinter den Zusammenhang zu kommen, um diese Belästigung ebenso rasch wieder loszuwerden.

Die alte Frau hielt nicht einen Augenblick den Mund, doch er merkte sich, vielmehr erfaßte er nur wenige kurze Sätze: Das Mädchen sei kräftig und intelligent, es könne lesen und schreiben, aber besser lesen als schreiben. Dann kam ein Satz, der ihm auffiel, weil er so merkwürdig war: «Meine Tochter ist zu jeder Arbeit bereit, den ganzen Tag über, wenn ihr nur das bißchen Zeit für ihr tägliches Bad bleibt.» Endlich sagte die Alte den Satz, der die Szene zu einem raschen Ende brachte: Bei der Straßenbahn würden jetzt Frauen eingestellt, als Wagenführerinnen und Schaffnerinnen.

Kurz entschlossen schrieb der alte Herr ein paar Empfehlungszeilen an die Direktion der Straßenbahngesellschaft und entließ die beiden Frauen. Wieder bei seinen Geschäften, hielt er noch einen Augenblick inne und dachte: Weiß der Teufel, warum die Alte mir sagen wollte, daß ihre Tochter sich täglich wäscht? Er schüttelte den Kopf, mit überlegener Miene lächelnd. Dies zeigt, daß die alten Herren wirklich alt sind, wenn sie zu tun haben.

II

Ein Straßenbahnwagen fuhr durch die lange Sant'Andrea-Allee[1]. Die Wagenführerin, ein schönes, zwanzigjähriges Mädchen, hielt ihre dunklen Augen auf die breite, staubige, sonnenüberflutete Fahrbahn geheftet, und es machte ihr Spaß, den schweren Wagen in einem Tempo dahinrasen zu lassen, daß die Räder in den Weichen kreischten und der vollbesetzte Kasten fast aus den Schienen sprang. Die Allee war völlig leer. Trotzdem bearbeitete das junge Geschöpf die Vorrichtung, die die Warnklingel in Bewegung setzt, ununterbrochen mit ihrem kleinen, nervösen Fuß. Sie tat es nicht aus Vorsicht, sie war vielmehr so kindisch, daß sie es fertigbrachte, die Arbeit in ein Spiel zu verwandeln; sie hatte ihre helle Freude daran, so dahinzusausen und mit der erfindungsreichen Vorrichtung Lärm zu erzeugen. Alle Kinder schreien gerne beim Laufen. Sie war in bunte Fetzen gekleidet. Aber sie war so schön, daß sie wie verkleidet aussah. Eine rote, verschossene Jacke ließ ihren Hals frei, der im Vergleich zu dem etwas abgezehrten Gesichtchen kräftig schien, und man konnte deutlich die Vertiefung sehen, die von den Schultern zur Zartheit des Busens führte. Das blaue Röckchen war zu kurz, vielleicht weil man im dritten Kriegsjahr nicht mehr genug Stoff bekam. Ihr kleiner Fuß schien nackt in den Tuchschuhen zu stekken, und die blaue Mütze zerdrückte ihre schwarzen, nicht sehr langen Locken. Für sich betrachtet, mochte dieser Kopf etwas Jungenhaftes haben, aber schon die Art, wie sie ihn hielt, verriet Koketterie und Eitelkeit.

Auf der Plattform drängten sich so viele Menschen um die schöne Wagenführerin, daß sie nur mit Mühe die Bremshebel bedienen konnte. Auch unser alter Herr stand hier. Bei einigen besonders heftigen Sprüngen des Wagens mußte er mühsam die Balance halten, um nicht gegen die Fahrerin geschleudert zu werden. Er war sehr sorgfältig gekleidet, aber auch mit der Seriosität, die seinem Alter zukam. Wirklich eine vornehme und angenehme Erscheinung. Seine Wohlgenährtheit inmitten der vielen blassen und unterernährten Menschen wirkte noch nicht aufreizend, denn er war weder zu dick noch zu blühend. Der Farbe seines Haares und seines gestutzten Schnurrbarts nach hätte man ihn auf sechzig oder etwas darüber geschätzt. Er unternahm sichtlich nichts, um jünger zu erscheinen. Die Jahre können zwar der Liebe – an die er übrigens seit vielen Jahren nicht mehr gedacht hatte – abträglich sein, dafür begünstigen sie die Geschäfte, und er trug seine Jahre mit Stolz, fast möchte man sagen mit Jugendlichkeit.

Seine Vorsicht hingegen entsprach seinem Alter, und er fühlte sich gar nicht wohl in diesem zu solcher Geschwindigkeit angetriebenen riesigen Gefährt. Das erste Wort, das er an das Mädchen richtete, war eine Mahnung: «Signorina!»

Sie richtete bei dieser höflichen Anrede ihre schönen Augen auf ihn, nicht ganz sicher, ob sie gemeint sei. Der gute alte Herr fand an diesem leuchtenden Blick so großen Gefallen, daß seine Angst sogleich geringer wurde. Er verwandelte die Mahnung, die nach Tadel hätte klingen können, rasch in einen Scherz: «Ich lege gar keinen Wert darauf, ein paar Minuten früher im Tergesteum[2] zu sein.» Der gute alte Herr schien über seinen eigenen Scherz zu lächeln, und das mochten wohl auch die umstehenden Leute denken, in Wirklichkeit aber galt sein Lächeln dem – wie er glaubte – zugleich schelmischen und unschuldigen Mädchenauge. Schöne Frauen erscheinen zunächst immer intelligent. Tatsächlich ist eine schöne Farbe oder eine schöne Linie der Ausdruck absoluter Intelligenz.

Sie hörte seine Worte nicht, aber das Lächeln des alten Herrn, das keinen Zweifel an seiner wohlwollenden Gesinnung zuließ, beruhigte sie voll und ganz. Sie begriff, daß ihm das Stehen beschwerlich war, und machte ihm Platz, so daß er sich neben ihr an das Geländer lehnen konnte. Und die Fahrt ging, schwindelerregend, weiter bis zum Campo Marzio[3].

Da sah das Mädchen den guten alten Herrn an, als erbäte es seine Zustimmung, und meinte seufzend: «Von hier ab wird es schrecklich langweilig.» Tatsächlich fing der Wagen jetzt an, langsam und schwer über die Schienen zu rumpeln.

Verliebt sich ein wirklich junger Mann, dann löst die Liebe in seinem Hirn oft Reaktionen aus, die mit seiner Begierde bald nichts mehr zu tun haben. Wie viele junge Leute, die auf einem gastlichen Lager in aller Ruhe Befriedigung finden könnten, stellen nicht wenigstens ihr Haus auf den Kopf, weil sie sich einbilden, es sei unbedingt nötig, etwas zu erobern, zu schaffen oder zu zerstören, ehe man mit einer Frau zu Bett geht. Die alten Herren hingegen, von denen es heißt, daß sie vor den Leidenschaften besser geschützt seien, überlassen sich ihnen mit voller Bewußtheit und begeben sich ins Bett der Sünde mit der einzigen Vorsicht, sich dabei nicht zu verkühlen.

Einfach ist die Liebe freilich auch für die alten Herren nicht. Bei ihnen wird sie in den Beweggründen kompliziert. Sie wissen, daß sie sich entschuldigen müssen. Unser alter Herr sagte sich: Das ist mein erstes echtes Abenteuer seit dem Tode meiner Frau. In der Sprache der alten Herren ist ein Abenteuer dann echt, wenn auch das Herz mitspricht. Man kann sagen, daß ein alter Mann selten so jung ist, ein Abenteuer zu erleben, das nicht echt wäre, denn es handelt sich um eine Steigerung, die dazu dient, eine Schwäche zu verschleiern. So wie die Schwachen, wenn sie zum Schlag ausholen, nicht nur die Hand, den Arm und die entsprechende Schulter, sondern auch noch die Brust und die andere Schulter einsetzen. Infolge dieser erweiterten Anstrengung fällt der Schlag schwach aus, das Abenteuer aber büßt an Klarheit ein und wird gefährlicher.

Außerdem glaubte der alte Herr, was ihn besiegt habe, sei das Kinderauge des Mädchens. Wenn ein alter Mann liebt, geschieht es stets auf dem Umweg über die Väterlichkeit, und jede seiner Umarmungen ist ein Inzest und hat dessen herben Beigeschmack.

Ein dritter, wichtiger Gedanke kam dem alten Herrn, der sich so wunderbar sündig und jung fühlte: Die Jugend kommt wieder. So groß ist der Egoismus eines alten Mannes, daß seine Gedanken keinen Augenblick beim Liebesobjekt verweilen, sondern sofort zur eigenen Person zurückkehren. Er erinnert, wenn er eine Frau begehrt, an König David, der sich von jungen Mädchen die Jugend erhoffte.

Der alte Mann aus dem klassischen Lustspiel, der meint, es mit den Jungen aufnehmen zu können, dürfte heute, wenn es ihn überhaupt noch gibt, höchst selten sein. Mein alter Herr jedenfalls setzte seinen inneren Monolog folgendermaßen fort: Diese Kleine werde ich kaufen … falls sie zu kaufen ist.

«Das Tergesteum! Steigen Sie nicht aus?» fragte die Kleine, bevor sie den Wagen wieder in Bewegung setzte. Der gute alte Herr sah verlegen auf die Uhr. «Ich werde noch ein Stückchen mitfahren», meinte er.

Es waren nicht mehr so viele Leute im Wagen, und der alte Herr hatte keinen Vorwand mehr, so nahe bei dem Mädchen zu bleiben. Er richtete sich auf und drückte sich in eine Ecke, von wo aus er sie bequem betrachten konnte. Sie mußte spüren, daß sie beobachtet wurde, denn sobald die Schalthebel sie nicht in Anspruch nahmen, blinzelte sie neugierig zu ihm hinüber.

Er fragte sie, seit wann sie diesen anstrengenden Beruf ausübe. «Seit einem Monat!» Gar so anstrengend sei er nicht, sagte sie, gerade als sie ihren ganzen kleinen Körper in einen Hebel verwandeln mußte, um die mechanische Bremse zu betätigen, nur manchmal sehr langweilig. Das wirklich Schlimme aber sei die ungenügende Bezahlung. Ihr Vater arbeite zwar noch, doch bei den Lebensmittelpreisen sei es schwer auszukommen. Immer noch auf ihre Hebel konzentriert, sprach sie ihn mit seinem Familiennamen an: «Wenn Sie wollten, wäre es für Sie ein leichtes, mir etwas Besseres zu verschaffen.» Und gleich darauf sah sie ihn an, um die Wirkung ihrer Bitte von seinem Gesicht abzulesen.

Die unerwartete Nennung seines Namens brachte den guten alten Herrn etwas aus der Fassung. Der Name eines Alten ist immer ein wenig alt und verpflichtet daher seinen Träger. Er verbannte jede Spur von Anspannung aus seinem Gesicht, die seine Begierde hätte verraten können. Daß die Kleine seinen Namen kannte, schien ihm weiter nicht verwunderlich, denn damals hatten fast alle begüterten Familien die Stadt verlassen, und die wenigen, die geblieben waren, fielen daher um so mehr auf. Er sah in eine andere Richtung und sagte sehr ernst: «Jetzt ist das etwas schwierig! Aber ich werde daran denken! Was können Sie denn?» Sie konnte lesen, schreiben und rechnen. An Sprachen konnte sie nur Triestinisch und Friaulisch[4].

Ein altes Weib aus den unteren Volksschichten, das gleichfalls auf der Plattform stand, lachte hell auf: «Triestinisch und Friaulisch! Ha! Das ist gut!» Das junge Ding lachte mit, während das Lachen des alten Herrn, der immer noch krampfhaft bemüht war, seine innere Erregung zu verbergen, falsch klang. Das alte Weib, dem es sichtlich Vergnügen machte, mit einem so vornehmen Herrn ins Gespräch zu kommen, hörte nicht mehr auf zu plappern, und er ging darauf ein, um leichter Gleichgültigkeit vortäuschen zu können. Endlich ließ das Weib die beiden allein. Sogleich platzte der alte Herr heraus: «Um welche Zeit sind Sie frei?»

«Um neun Uhr abends.»

«Gut!» sagte er. «Kommen Sie heute abend zu mir, denn morgen habe ich keine Zeit.» Er nannte ihr seine Adresse, die sie zwei-, dreimal wiederholte, um sie nicht zu vergessen.

Die alten Herren haben es eilig, denn sie unterliegen dem Gesetz der Natur, das dem Alter Schranken setzt. Dieses Rendezvous, das mit der Miene des Wohltäters und Beschützers verlangt und mit der gebotenen Dankbarkeit gewährt wurde, versetzte den alten Herrn in freudige Erregung. Wie glücklich sich die Dinge doch entwikkelten!

Die alten Herren lieben aber auch Klarheit in den Geschäften, und er konnte sich immer noch nicht entschließen, diese Plattform zu verlassen. An seinem Glück zweifelnd, fragte er sich bange: Genügt das? Müßte nicht noch etwas dazukommen? Und wenn sie wirklich glaubte, sie sei eingeladen worden, um ein Empfehlungsschreiben für eine Anstellung abzuholen? Er wollte die Zeit bis zum Abend nicht in unnötiger Aufregung verbringen und wäre seiner Sache gern sicherer gewesen. Wie aber das richtige Wort finden, ohne seinen angesehenen Namen vor diesem jungen Geschöpf zu kompromittieren, falls sie von ihm allen Ernstes nur eine Stellenvermittlung erwartete? Im Grunde handelte es sich um eine Situation, in die er auch in jüngeren Jahren hätte geraten können. Aber er war alt! Die Jungen finden mit etwas Erfahrung, ja, sogar ganz ohne Erfahrung, die richtige Methode, die Alten dagegen sind desorganisierte Liebhaber. Ihrem Liebesmechanismus fehlt mindestens ein Rädchen.

Schließlich erfand der alte Herr nichts, sondern erinnerte sich. Er erinnerte sich, wie er als Zwanzigjähriger, also vor gut vierzig Jahren, das heißt lange vor seiner Heirat, gegenüber einer Frau (viel älter als die hier auf der Plattform), die ihm unter irgendeinem Vorwand und vor Dritten bereits versprochen hatte zu kommen, leise, aber mit erregter Stimme seine Einladung wiederholt hatte: «Werden Sie kommen?» Das hätte auch jetzt genügt. Hier jedoch sah ihm die Straße, die die Liebe der Jungen beneidet und die der Alten verspottet, zu, und daher durfte seine Stimme keine Erregung verraten.

Während er ausstieg, sagte er zu der Kleinen: «Ich erwarte Sie also heute abend um neun.» Nachträglich entdeckte er, daß seine Stimme – wegen der Straße oder wegen der Begierde – doch gezittert hatte. Das fiel ihm aber nicht sofort auf, und als die Kleine, ihren Blick für einen Moment von den Schienen ab- und ihm zuwendend, «ich komme bestimmt» sagte, schien es ihm zunächst, daß ihre Zusage dem Wohltäter gelte. Dann aber, als er die Sache überdachte, war alles genauso klar wie vor vierzig Jahren. Im Aufblitzen ihres Auges war etwas Listiges gewesen, so wie in seiner Stimme eine bange Begier. Er war sicher, daß sie sich verstanden hatten. Mutter Natur gewährte ihm gütig noch einmal, ein letztes Mal, zu lieben.

III

Der alte Herr begab sich beschwingten Schrittes zum Tergesteum. Er fühlte sich sehr wohl, der gute alte Herr. Vielleicht hatte ihm das alles schon viel zu lange gefehlt. Im Drange seiner Geschäfte hatte er etwas vergessen, was sein noch jugendlicher Organismus tatsächlich brauchte. Da er sich so wohl fühlte, konnte er nicht daran zweifeln.

Er kam zu spät ins Tergesteum. Daher mußte er ans Telefon eilen, um das Versäumte nachzuholen. Eine halbe Stunde lang gehörte er wieder ganz den Geschäften. Auch diese Ruhe war für ihn ein Grund zur Zufriedenheit. In seiner Jugend, erinnerte er sich, bedeutete die Erwartung so viel Qual und Lust, daß später der erhoffte Genuß dagegen verblaßte. Seine jetzige Gelassenheit hielt er für einen Beweis von Stärke, aber darin täuschte er sich gewiß.

Nach Erledigung seiner Geschäfte begab er sich in das Hotel, in dem er zu speisen pflegte, wie viele andere Wohlhabende auch, die so die Vorräte zu Hause schonten. Während des Gehens prüfte er sich weiter. Sein Begehren war männlich ruhig, aber ungeschwächt. Er hatte keinerlei Bedenken, und er erinnerte sich nicht einmal mehr daran, daß in seiner Jugend derartige Abenteuer – schließlich war er ein feinfühliger Mensch – jedesmal alle Probleme von Gut und Böse in seiner Brust aufgerührt hatten. Jetzt hatte der Fall für ihn nur eine Seite, und ihm schien, daß das, was er sich nahm, ihm auch zustehe, und sei es als Entschädigung für die lange Zeit, in der er Freuden dieser Art hatte entbehren müssen. Im allgemeinen darf es für gewiß gelten, daß die meisten alten Leute überzeugt sind, viele Rechte – und nur Rechte – zu besitzen. Da sie wissen, daß keine Erziehung sie mehr erreichen kann, glauben sie, ganz so leben zu dürfen, wie ihr Organismus es verlangt. Der gute alte Herr setzte sich an den Tisch, mit einem Wunsch zuzugreifen, der ihn an die wahre Jugend erinnerte. Er dachte selig: Die gute und schöne Kur beginnt.

Als er am späten Nachmittag das Büro verlassen hatte und am Kai und auf der Mole[5] spazierenging, um sich die unausgefüllte Wartezeit zu Hause zu ersparen, meldeten sich gleichwohl leise moralische Bedenken, die sich nicht spurlos verscheuchen ließen. Sie hatten jedoch keinerlei Einfluß auf den weiteren Gang der Ereignisse, denn er tat – wie alle Alten und Jungen – das, was ihm gefiel, trotz besserer Einsicht.

Der sommerliche Sonnenuntergang war hell und blaß. Das schwer, müde und unbewegt daliegende Meer wirkte farblos im Vergleich zu dem immer noch leuchtenden Himmel. Man konnte deutlich die Linien der Berge sehen, die sich zur friaulischen Ebene hinabsenken. Man konnte sogar die Hermada-Höhe[6] erkennen, und man fühlte, wie die Luft von den ununterbrochenen Kanonenschüssen vibrierte.

Immer wenn der Krieg dem alten Herrn vor Augen trat, zog sich sein Herz zusammen, und er mußte daran denken, daß er durch den Krieg soviel Geld verdiente. Der Krieg brachte ihm Reichtum und Verworfenheit. An diesem Tag dachte er: Und ich versuche ein Mädchen des Volkes zu verführen, das dort leidet und blutet. Er war längst die Gewissensbisse gewöhnt, die die guten Geschäfte ihm verursachten, und er fuhr fort, gute Geschäfte zu machen, den Gewissensbissen zum Trotz. Die Rolle des Verführers aber war ihm neu, und so empfand er auch den moralischen Widerstand in sich neu und intensiv. Neue Untaten lassen sich nicht so leicht mit den eigenen hochmoralischen Überzeugungen in Einklang bringen, und es bedarf einiger Zeit, bis die einen friedlich neben den anderen bestehen können, aber das ist kein Grund zu verzweifeln. Hier auf der Mole indessen, angesichts der Hermada, die in Flammen stand, gab der gute alte Herr seine Absicht auf. Er wollte seinem jungen Mädchen eine gesunde Arbeit verschaffen und für sie nichts anderes sein als ein Wohltäter.

Die vereinbarte Stunde war fast da. Der moralische Kampf hatte ihm die Aufgabe, sie zu erwarten, wesentlich erleichtert. Der Vorsatz, den Wohltäter zu spielen, begleitete den guten alten Herrn nach Hause und ließ ihn weiterhin mit dem Schritt des Eroberers ausschreiten, mit dem er am Morgen von der Plattform der Straßenbahn gestiegen war.

Auch zu Hause änderte sich sein Entschluß nicht, nur die Handlungen standen in Widerspruch dazu. Dem Mädchen ein kleines Souper anzubieten, war nicht mehr Werk eines Wohltäters. Er öffnete Konserven mit köstlichen Speisen und bereitete ein exquisites kleines kaltes Abendessen. Zwischen zwei Kristallgläser stellte er eine Flasche Champagner auf den Tisch. Nur deshalb, weil ihm die Zeit lang wurde.

Dann kam das junge Ding. Sie war weit besser gekleidet als am Morgen, aber das war nicht entscheidend, denn begehrenswerter konnte sie nicht werden. Angesichts der Delikatessen und des Champagners nahm der alte Herr eine väterliche Haltung ein, was sie aber gar nicht bemerkte, da ihr unschuldiger Blick unverwandt auf das gute Essen gerichtet war. Er sagte, er wolle dafür sorgen, daß sie etwas Deutsch lerne, das sie für die Anstellung brauche, und da sprach sie einen Satz, der entscheidend wurde. Sie sei, so erklärte sie, bereit, den ganzen Tag zu arbeiten, wenn sie nur die halbe Stunde erübrigen könne, die sie für ihr Bad brauche.

Der alte Herr begann zu lachen: «Wir kennen uns also schon seit langer Zeit? Sie sind doch das junge Mädchen, das mit seiner Mutter zu mir gekommen ist ... Wie geht es der lieben Frau Mama?»

Der Satz war wirklich entscheidend, vor allem, weil der alte Herr auf diese Weise erfuhr, daß sie einander längst kannten. Die Dauer gibt einem Abenteuer einen seriösen Anstrich. Und dann ist auch die Gewißheit, daß jemand täglich ein Bad nimmt, besonders für einen alten Herrn von offensichtlicher Bedeutung. Spätestens jetzt hätte er, wenn er darüber nachgedacht hätte, den Grund erkennnen können, warum die Mutter des Mädchens damals das Bad erwähnt hatte. Seine Wohltäterpose verschwand. Er sah ihr lachend in die Augen, fast als wollte er über seine eigenen moralischen Bemühungen lachen, ergriff ihre Hand und zog sie an sich.

Danach hätte der alte Herr gern sofort seine Haltung eines Wohltäters wieder eingenommen. Welchen Zweck hatte es noch, die widerwärtige Haltung des Verführers zu bewahren? Er besaß genügend Geschmack, nicht mehr von einer Anstellung zu sprechen. Statt dessen gab er ihr rasch Geld. Dann, nach kurzem Zögern, überreichte er ihr eine weitere, gesonderte Summe, die für die liebe Frau Mama bestimmt war. Um wohltätig zu erscheinen, muß man doch auch jenen etwas geben, die es nicht verdient haben. Wahr ist jedenfalls, daß die alten Herren mit dem Geld immer nur ratenweise herausrücken, im Gegensatz zu den Jungen, die mit einem Griff ihre Tasche leeren, auch wenn sie es später vielleicht bereuen.

So fiel dem Mädchen die schwierige Aufgabe zu, das Geld zweimal in Empfang zu nehmen und zweimal so zu tun, als wolle sie es nicht annehmen. Das erste Mal fällt es leicht, das bleibt keiner erspart. Aber das zweite Mal? Sie vermochte keine neuen Variationen zu erfinden und wiederholte mechanisch die gleichen Worte und Gesten wie beim erstenmal. Auch beim drittenmal hätte sie gesagt: «Geld? Nein, das will ich nicht!» Und sie hätte es genommen und dabei erklärt: «Aber ich habe dich doch lieb!» Nach dem zweitenmal war sie etwas verwirrt, und der alte Herr schrieb diese Verwirrung ihrer Uneigennützigkeit zu. Es kann aber auch sein, daß sie den Verdacht hatte, der erhaltene Betrag sei klein und werde zweigeteilt, um ihn größer erscheinen zu lassen.

Dieses so einfache Abenteuer nahm in dem erregten Geist des guten alten Herrn kompliziertere Formen an. Das ist Schicksal! Wenn ein alter Mann auch zahlt, weil er weiß, daß ihm die Liebesgunst nicht mehr geschenkt werden kann, verfälscht er, so oder so, die Liebesabenteuer am

Ende doch und verdient bald das Gelächter Beaumarchais' und Rossinis Musik. Mein guter alter Herr, der doch so intelligent war, lachte keineswegs über die so unbeholfenen Worte des jungen Mädchens. Das Abenteuer sollte «echt» bleiben, und er wirkte bereitwillig an der Fälschung mit. Die Kleine war so reizend, daß keines ihrer Worte als Mißton empfunden werden konnte. Diese Verfälschung war nicht ohne Bedeutung, allerdings nur für die seelische Verfassung des alten Herrn. Nach außen hin hatte sie lediglich zur Folge, daß sich diese erste Zusammenkunft – wie dann auch die späteren – etwas länger hinzog. Hätte sich der alte Herr so benehmen können wie er wollte, er hätte das Mädchen rasch verabschiedet, denn die unmoralischen Anwandlungen sind bei alten Herren von kurzer Dauer. Aber eine liebende Frau kann man nicht so rasch abfertigen. Dabei machte er sich keine Illusionen: Die Kleine liebt den Luxus meines Büros, meiner Wohnung, meiner Person. Vielleicht gefallen ihr auch meine sanfte Stimme und meine feinen Manieren. Sie liebt mein Zimmer hier, in dem es so viele gute Speisen gibt. Sie liebt so viele meiner Dinge, daß sie ein wenig auch mich selbst lieben kann. Das Angebot der Liebe ist ein wunderschönes Kompliment und man findet Gefallen daran, auch wenn man nichts damit anzufangen weiß. Im schlimmsten Fall ist es immer noch soviel wert wie die Adelstitel von Leuten, die mit Ochsen handeln – und die sind bekanntlich nicht wenig stolz darauf. Sie sagte ihm, aber ohne daraus ein Drama machen zu wollen, daß er ihr erster Liebhaber gewesen sei. Und er glaubte es. Kurz, der gute alte Herr mußte sich zurückhalten, ihr nicht noch ein drittes Mal Geld anzubieten. Er sonnte sich so in den angenehmsten Vorstellungen, daß er sich verletzt fühlte, als sie ihm erklärte, sie möge die jungen Burschen nicht, sondern ziehe die alten Herren vor. Es war ein böses Erwachen, sich als alt bezeichnet zu hören, und ein Schmerz, sich für diese liebenswürdige Erklärung auch noch dankbar verneigen zu müssen. Doch ansonsten war die Zusammenkunft, auch als sie nicht mehr so amourös verlief, für den guten alten Herrn durchaus keine Qual. Das Mädchen war vollauf damit beschäftigt, das ihm angebotene Souper zu vertilgen, und so konnte er sich bequem ausruhen.

Nichtsdestoweniger war er froh, als sie ging und er allein blieb. Er war Gespräche mit ernsthaften Leuten gewohnt und konnte das leere Geschwätz des schönen Mädchens auf die Dauer nur schwer ertragen. Man mag dem entgegenhalten, daß es ernsthaftere Leute als meinen alten Geschäftsmann gibt, Künstler, Denker, die in ihren jungen Jahren mit dem größten Vergnügen das Geplapper eines schönen Mundes ertragen. Aber da sieht man eben, daß die alten Herren in gewisser Hinsicht viel ernsthafter sind als die ernsthaftesten jungen Männer.

Gedankenvoll ging der gute alte Herr zur Ruhe. Im Bett sagte er sich: Denken wir nicht mehr daran. Vielleicht sehe ich sie nie wieder. Er war seiner eigenen Liebe so wenig sicher, daß er mit dem Mädchen vereinbart hatte, er werde es zur nächsten Zusammenkunft schriftlich einladen. Es genügte also, nicht zu schreiben, und er wurde wieder der tugendhafte Mann, der er stets gewesen war.

Kurz vor dem Einschlafen fühlte er sich von Durst geplagt. Er hatte zuviel getrunken und zu stark gewürzte Speisen gegessen. Er rief seine Haushälterin und erhielt ein Glas Wasser und einen vorwurfsvollen Blick. Sie war nicht mehr ganz jung und hatte immer gehofft, einmal die Frau des Hauses zu werden. Später hatte sie sich die Zurückhaltung des alten Herrn mit seinem Standesdünkel erklärt und sich damit abgefunden, denn man wird ohne eigene Schuld in dem einen oder anderen Stand geboren. Nun aber hatte sie das Mädchen beim Fortgehen für einen kurzen Augenblick sehen können. Da mußte sie erkennen, daß der Standesdünkel den guten alten Herrn von nichts abhielt. Sie empfand das wie eine regelrechte Ohrfeige. Man mag einwenden, daß auch die Eigenschaften, die einen mehr oder weniger begehrenswert machen, von eigenem Verschulden oder Verdienst unabhängig sind. Sie aber glaubte, diese Eigenschaften zu besitzen, und so war der alte Herr schuldig, weil er sie nicht bemerkte.

IV

Die Zeilen, mit denen der alte Herr das Mädchen wieder zu sich lud, wurden schon ein paar Tage später geschrieben, weit früher, als er es an jenem Abend beim Zubettgehen vorgesehen hatte. Er schrieb ihr lächelnd, mit sich selbst zufrieden. Außerdem versprach er sich von dem zweiten Beisammensein noch reicheren Genuß. Aber es verlief genauso wie das erste. Als er das junge Mädchen verabschiedete, war er ebenso vorsichtig wie das erste Mal und vereinbarte wiederum, daß sie seine neuerliche Einladung abwarten solle. Die Einladung zur dritten Zusammenkunft erfolgte noch rascher, die Verabschiedung aber war die gleiche. Er brachte es nie fertig, das nächste Treffen sofort festzusetzen. Denn der gute alte Herr war immer glücklich: wenn er das Mädchen einlud und wenn er es entließ, das heißt, wenn er sich vornahm, zur Tugend zurückzukehren. Hätte er das nächste Beisammensein sogleich beim Abschied festgesetzt, dann wäre diese Rückkehr zur Tugend weniger vollkommen gewesen. So dagegen fühlte er sich in keiner Weise kompromittiert, und sein Leben blieb geregelt und tugendhaft – mit Ausnahme einer ganz kurzen Unterbrechung.

Von diesen Zusammenkünften wäre weiter nicht viel zu berichten, hätte den alten Herrn nicht nach einiger Zeit eine unsinnige Eifersucht erfaßt. Unsinnig nicht wegen ihrer Heftigkeit, sondern wegen ihrer Seltsamkeit. Nämlich:

Sie regte sich nicht, wenn er dem jungen Mädchen schrieb, denn das war der Augenblick, in dem er sie den anderen wegnahm; auch nicht, wenn er sie entließ, denn das war der Augenblick, in dem er sie bereitwillig und ohne Einschränkung den anderen übergab. Die Eifersucht verband sich vielmehr in Raum und Zeit genau mit der Liebe. Sie gab der Liebe Bedeutung und machte das Abenteuer «echter» denn je. Eine Wonne und ein unbeschreiblicher Schmerz. Von einem bestimmten Augenblick an setzte sich in ihm die Idee fest, das Mädchen habe bestimmt noch andere Liebhaber, und alle jung – so wie er alt war. Er beklagte das für sich (und wie!), aber auch für das Mädchen, weil es sich dadurch jede Möglichkeit zu einem anständigen Leben verscherzen konnte. Wehe, wenn es anderen ebenso vertrauen würde wie ihm. Die Eifersucht machte ihm seine eigene Schuld bewußt. Um sein eigenes unmoralisches Beispiel wettzumachen, verfiel der alte Mann in die Gewohnheit, ihr Moral zu predigen, und zwar gerade dann, wenn er sie in die Arme nahm. Er setzte ihr auseinander, was für Gefahren ihr aus leichtfertigen Liebschaften erwachsen könnten.

Das Mädchen beteuerte, daß es nur einen einzigen Mann liebe: ihn. «Also schön!» rief der alte Herr, durch die Liebe wie durch die Moral veredelt. «Solltest du dich, um zur Tugend zurückzukehren, entschließen, mich nicht mehr wiederzusehen – ich wäre glücklich darüber.» Darauf antwortete das Mädchen nicht, und zwar aus guten Gründen. Für sie war das Abenteuer ein so klarer Fall, daß sie sich außerstande fühlte, zu lügen wie er. Im Augenblick bestand kein Anlaß, diese Beziehung aufzugeben. Übrigens wurde es ihr auch leichtgemacht zu schweigen, solange er sie mit Küssen bedeckte. Sobald er aber freimütiger wurde und von anderen Liebhabern sprach, die er ihr zuschrieb, fand sie die Sprache wieder: Wie könne er nur so etwas glauben? Erstens durchquere sie die Stadt nur mit der Straßenbahn, ferner werde sie von ihrer Mutter bewacht, und außerdem wolle von ihr Ärmsten niemand etwas wissen. Und schon flossen ein paar Tränen. Das ist eine schlechte Rhetorik, die so vieler Argumente bedarf, aber indessen schwanden dem alten Herrn Liebe und Eifersucht, und man konnte sich wieder dem Souper zuwenden.

Daraus kann man ersehen, mit welcher Regelmäßigkeit alte Herren funktionieren. Bei den Jungen ist jede Stunde ungeordnet, von den widersprüchlichsten Gefühlen erfüllt, während bei den Alten jedes Gefühl seine genaue Stunde hat. Das Mädchen zeigte sich dem alten Herrn gefügig. Wenn er sie wollte, kam sie; sie ging weg, wenn er sie nicht mehr wollte. Sie unterhielten sich, dann kam die Liebe an die Reihe, und schließlich speisten sie in bester Laune miteinander.

Vielleicht aß und trank der alte Herr zuviel. Als müsse er seine Kraft beweisen.

Ich möchte nicht unbedingt sagen, daß der alte Herr deswegen erkrankte. Es ist klar, daß ein Übermaß an Jahren weit gefährlicher ist als ein Übermaß an Wein, an Speisen und auch an Liebe. Mag sein, daß eins das andere ungünstig beeinflußt, aber nicht einmal das will ich fest behaupten.

V

Er hatte sich geruhsam ins Bett gelegt, so wie an jedem Abend und besonders an den Abenden, an denen das Mädchen, nachdem es alles Angebotene vertilgt hatte, endlich weggegangen war.

Er schlief rasch ein. Er erinnerte sich später, daß er geträumt hatte, aber so verworren, daß er sich auf nichts mehr besinnen konnte. Irgendwie war es gewesen, als hätten viele Menschen um ihn herumgestanden, die schrien und mit ihm und untereinander diskutierten. Dann hatten sich alle entfernt, und er hatte sich benommen auf ein Sofa gelegt, um auszuruhen. Da gewahrte er auf einem Tischchen, genau in der Höhe des Sofas, eine dicke Maus, die ihn mit ihren kleinen, funkelnden Augen ansah. Es war ein Lachen in diesen Augen, genauer ein Hohnlachen. Die Maus verschwand, zu seinem Schrecken aber mußte er feststellen, daß sie in seinen linken Arm eingedrungen war, sich wütend zu seiner Brust vorwühlte und ihm unerträglichen Schmerz bereitete.

Keuchend erwachte er, schweißbedeckt. Es war ein Traum gewesen, aber etwas Wirkliches blieb zurück: der unerträgliche Schmerz. Das, was den Schmerz verursachte, nahm sogleich eine neue Gestalt an. Es war keine Maus mehr, sondern ein Degen, den man in seinen Oberarm gestoßen hatte und dessen Spitze bis zum Brustbein reichte; sie war gekrümmt, nicht scharf geschliffen, sondern rauh und vergiftet, denn alles, womit sie in Berührung kam, begann zu schmerzen. Er durfte weder atmen noch sich rühren. Bei der geringsten Bewegung hätte der Degen zerbrechen und ihn zerfetzen können. Er schrie und wußte es, denn die Anstrengung, sich vernehmbar zu machen, zerriß ihm fast die Kehle, aber er war nicht sicher, ob er die Laute auch hörte, die er hervorstieß. Es gab so viele Geräusche in dem leeren Zimmer. Leer? In diesem Zimmer war der Tod. Von der Decke senkte sich eine tiefe Finsternis auf ihn herab, eine Wolke, die ihm, sobald sie ihn erreichte, auch den knappen Atem, der ihm gerade noch geblieben war, nehmen, ihn für immer von allem Licht trennen und ihn den elenden, schmutzigen Dingen zugesellen würde. Die Finsternis kam langsam näher. Wann würde sie ihn erreichen? Oh! Gewiß! Sie konnte sich auch von einem Moment zum anderen ausbreiten, ihn umfangen, ihn in einem einzigen Augenblick ersticken. So also war der Tod beschaffen, um den er von Kindheit an wußte? So hinterhältig und von so großem Schmerz begleitet? Er fühlte, wie die Tränen aus seinen Augen flossen. Er weinte vor Entsetzen und nicht, um Erbarmen zu erflehen, denn er wußte, es gab kein Erbarmen. Und das Entsetzen war so groß, daß er sich frei von Schuld und Sünde fühlte. Er wurde auf solche Weise erdrosselt – er, der so gut, so sanft und so wohltätig war.

Wie lange dauerte das Entsetzen? Er hätte es nicht zu sagen vermocht und hätte meinen können, daß es die ganze Nacht dauerte, wäre die Nacht danach nicht so lang gewesen. Es schien ihm, daß zuerst die bedrohliche Finsternis zurückwich und dann der Schmerz. Der Tod war nicht mehr da, und am nächsten Tag würde er die Sonne wieder begrüßen. Dann wanderte der Schmerz, und er fühlte sogleich Erleichterung. Der Schmerz zog sich nach oben zur Kehle hin zurück und verschwand dann ganz. Er hüllte sich in die Decken ein. Seine Zähne klapperten vor Kälte, und ein krampfartiges Zittern ließ ihn nicht zur Ruhe kommen. Gleichwohl kehrte er ganz ins Leben zurück. Er schrie nicht mehr und war froh, daß sein Jammern nicht gehört worden war. Die Haushälterin, diese boshafte Person, hätte den Anfall sicherlich mit dem vorangegangenen Besuch des Mädchens in Zusammenhang gebracht. Auf diesem Umweg erinnerte er sich wieder des Mädchens und sagte sich sofort: Mit der Liebe mache ich Schluß!

VI

Der Arzt, den er am Morgen kommen ließ, untersuchte ihn, forschte ihn aus und maß dem Anfall zunächst keine große Bedeutung bei. Der alte Herr hatte von seinem Erlebnis am Abend vorher berichtet, einschließlich der Speisen und des Champagners, und der Arzt meinte, das ganze Übel sei auf diese Störung der Ordnung zurückzuführen. Er war überzeugt, daß der Anfall sich nicht wiederholen würde, wenn der alte Herr ein ruhiges Leben führe, vorschriftsmäßig alle zwei Stunden ein bestimmtes Pülverchen schlucke und darauf verzichte, den Gegenstand seiner Liebe wiederzusehen, ja auch nur an ihn zu denken.

Der Arzt, ein langjähriger Freund des alten Herrn und ebenso alt wie dieser, redete offen mit ihm: «Du darfst mit deiner Freundin erst wieder zusammenkommen, wenn ich es erlaube.»

Der alte Herr aber, dem an seiner Gesundheit weit mehr lag, als der Arzt vermuten konnte, sagte sich: Auch wenn du es mir erlaubst, werde ich nicht mit ihr zusammenkommen. Ich fühlte mich weit wohler, bevor ich sie kennenlernte!

Wieder allein, dachte er allerdings an das junge Mädchen, daran, wie er sie endgültig loswerden könnte. Immerhin, fiel ihm ein, liebte sie ihn. Er hielt sie daher für fähig, ihn nach einiger Zeit auch unaufgefordert zu besuchen. Man kennt ja die Macht der Liebe. Und wie würde er dann vor ihr dastehen, wo er doch endgültig beschlossen hatte, sie auch mit ärztlicher Erlaubnis nicht mehr bei sich zu empfangen? Er schrieb ihr, daß er unerwarteterweise und für längere Zeit die Stadt verlassen müsse. Nach seiner Rückkehr würde er sie verständigen. Er legte dem Brief eine Geldsumme bei, die dazu bestimmt war, die Rechnung mit seinem Gewissen zu begleichen. Der Brief schloß sogar mit einem Kuß, den er nach einem Moment des Zögerns hinschrieb. Nein! Dieser Kuß hatte seinen Puls nicht beschleunigt.

Am nächsten Tag, nach einer ruhigen, wenn auch fast schlaflosen Nacht, fühlte er sich schon sicherer. Der große Schmerz war nicht wiedergekommen, obwohl der alte Herr, trotz der gegenteiligen Beteuerungen des Arztes, befürchtet hatte, der Anfall werde sich jede Nacht im Dunkeln wiederholen. Einigermaßen beruhigt, legte er sich zu Bett, fand das Vertrauen wieder, aber nicht den Schlaf. Man konnte das dumpfe Grollen der Kanonen hören, und der alte Herr stellte sich die Frage: Warum ist noch keine Methode erfunden worden, wie man sich ohne soviel Lärm umbringen kann? Der Tag, an dem der Schlachtenlärm großmütige Gefühle in ihm erweckt hatte, lag gar nicht so weit zurück. Die Krankheit aber tilgte auch jenen Rest sozialen Empfindens, den das Alter in ihm noch nicht zu zerstören vermocht hatte.

Während der folgenden Tage traktierte der Arzt ihn mit Tropfen zwischen den Pülverchen. Und um ihm den nächtlichen Schlaf zu sichern, gab er ihm allabendlich eine Injektion. Auch für den Appetit bekam er eine eigene Medizin, die er zu bestimmten Stunden einnehmen mußte. Dem alten Herrn fehlte es also nicht an Beschäftigung während des Tages. Und die Haushälterin, die er in den guten Tagen verschmäht hatte, wurde jetzt sehr wichtig. Der alte Herr, von Natur aus nicht undankbar, hätte sich vielleicht mit ihr befreundet, die manchmal sogar in der Nacht aufstehen mußte, um ihm eine Medizin zu verabreichen. Aber sie hatte einen argen Fehler: Sie verzieh ihm seine Ausschweifungen nicht und spielte immer wieder darauf an. Als sie ihm, wie die Kur es erforderte, zum erstenmal eine kleine Dosis Champagner vorsetzen mußte, konnte sie die Bemerkung nicht unterlassen: «Das ist noch von dem, der für ganz andere Zwecke angeschafft wurde.»

Eine Zeitlang protestierte der alte Herr und wollte sie glauben machen, ihn habe mit dem jungen Mädchen nur reine Freundschaft verbunden. Als sie sich aber von ihrer Überzeugung nicht abbringen ließ, schöpfte er den Verdacht, daß sie schon lange Bescheid wisse und ihn heimlich beobachtet habe. Wer weiß, in welchem Augenblick? Lange bemühte er sich, es herauszubekommen. Er errötete vor allem über das, was das Weib wußte, denn alles andere existierte für ihn nicht mehr, aber dank dieses vermaledeiten Weibes, das mit seinen vagen Anspielungen das ganze Abenteuer wieder in Erinnerung rief, existierte es am Ende doch. Die Folge war, daß er diese Person nicht mehr ausstehen konnte, und er duldete sie nur bei sich, wenn er sie brauchte. Allerdings brauchte er sie auch zum Plaudern, und so führte nicht einmal dieser Haß, der doch ziemlich vital hätte sein können, zu etwas. Er beschränkte sich darauf, leise zum Arzt zu sagen: «Sie ist häßlich wie die Sünde.»

Der Kampf mit diesem Weib erinnerte ihn zwar an das junge Mädchen, aber er trauerte ihm nicht nach. Er trauerte nur der Gesundheit nach, besser gesagt dem, was er für seine eigene Jugend hielt. Seine Jugend war mit dem letzten Besuch des jungen Mädchens gestorben, und die Trauer um dieses war eine Trauer um jene. Jetzt würde er dem Mädchen allen Ernstes eine Anstellung verschaffen ... wenn er die Gesundheit wiedererlangte. Dann würde er zu seinen einträglichen Geschäften zurückkehren und nicht zur Sünde. Sünde war, was der Gesundheit schadete.

Der Sommer verging. An einem der letzten schönen Tage gestattete man ihm, mit dem Wagen auszufahren. Der Arzt begleitete ihn. Das Ergebnis war nicht unbefriedigend, denn die Abwechslung heiterte ihn auf und sein Zustand verschlimmerte sich nicht, aber es kam schlechtes Wetter, und das Experiment konnte nicht wiederholt werden.

So verlief sein Leben weiterhin leer. Die einzigen Neuigkeiten brachten die Medizinen. Eine Weile nützte jede Medizin. Aber um die Wirkung zu sichern, mußte man die Dosis erhöhen und dann die bisherige Medizin durch eine andere ersetzen. Nach ein paar Monaten allerdings begann die Reihenfolge von neuem.

Sein Organismus kam jedenfalls in ein gewisses Gleichgewicht. Wenn er dem Tode entgegenging, so war die Bewegung unwahrnehmbar. Das hatte nichts mehr mit dem in seiner Intensität heroischen Schmerz jener Nacht zu tun, als der Tod seinen Arm zum entscheidenden Schlag erhoben hatte. Jetzt war alles ganz anders. So wie es jetzt um ihn stand, lohnte es vielleicht nicht mehr, den Schlag gegen ihn zu führen. Er glaubte, es gehe ihm mit jedem Tag besser. Es schien ihm auch, daß er wieder Appetit habe. Er brauchte Zeit, um seine faden Süppchen zu löffeln, und meinte tatsächlich, daß er esse. Die Konservendosen mit den anregenden Speisen waren immer noch im Haus. Der alte Herr nahm eine davon in seine zittrigen Hände: Er las den Namen der berühmten Fabrik und stellte sie wieder zurück. Er gedachte sie für den Tag aufzubewahren, an dem es ihm noch besser gehen würde. Für diesen Tag waren auch Champagnerflaschen reserviert. Es hatte sich gezeigt, daß der Sekt nicht gegen die Krankheit half.

Der wichtigste Teil des Tages war der, den er während der wärmsten Stunden an einem Fenster verbrachte. Dieses Fenster war eine Öffnung, durch die man das Leben sah, das sich, auch nachdem er daraus verbannt worden war, auf den Straßen abspielte. Wenn das Sündenweib (so nannte er seine Haushälterin) bei ihm war, kritisierte er mit ihr gemeinsam den Luxus, der immer noch auf den verarmten Straßen Triests zu sehen war, oder beklagte in ebenso emphatischem Ton das Elend, das wie in einer Prozession hier vorüberzog. Seinem Hause gegenüber befand sich ein Bäcker, und vor dessen Tür bildete sich oft eine Schlange von Menschen, die auf ihr Stück Brot warteten. Der alte Herr bedauerte diese Leute, die mit solcher Sehnsucht auf ein schlecht gebackenes Brot warteten, vor dem ihm ekelte, aber hier war sein Mitleid reine Heuchelei. Er beneidete vielmehr die Leute, die sich frei in den Straßen bewegten. Das war kindisch. Im großen und ganzen fühlte er sich sehr wohl in seinem schützenden, gutgeheizten

Zimmer, nur hätte er gerne auch über seine Straße hinausgesehen. Die Gestalten, die vorüberkamen und seine Neugier weckten, weil sie entweder zu gut oder zu schlecht gekleidet waren, bogen um die Ecke und waren dann für ihn verloren.

Eines Nachts, als er nicht schlafen konnte, ging er im Zimmer auf und ab und trat schließlich, aus Bewegungsdrang und um sich abzulenken, ans Fenster. Vor der Tür des Bäckers hatte sich bereits die Menschenschlange gebildet, so lang, daß sie sogar in der Nacht den ganzen Gehsteig schwarz färbte. Nicht einmal jetzt beklagte er ernsthaft diese Menschen, die müde waren und sich nicht schlafen legen konnten. Er hatte sein Bett und konnte nicht schlafen. Denen, die sich da anstellten, ging es bestimmt besser!

In jene Tage fiel die Schlacht bei Karfreit[7]. Die ersten Nachrichten von der Katastrophe brachte ihm der Arzt, der gekommen war, um gemeinsam mit dem alten Freund zu weinen, dem er (armer Arzt!) die gleichen Gefühle zuschrieb wie sich selbst. Der alte Herr aber empfand dieses Ereignis geradezu als Wohltat: Der Krieg entfernte sich von Triest und damit auch von ihm. Der Arzt jammerte: «Nicht einmal ihre Flugzeuge werden wir mehr sehen!» Und der alte Herr murmelte: «In der Tat! Vielleicht werden wir sie nicht mehr sehen!» Er spürte in seinem Herzen die freudige Hoffnung auf ruhige Nächte, versuchte aber, auf seinem Gesicht den Ausdruck des Schmerzes nachzuahmen, den er auf dem Gesicht des Arztes sah.

An den Nachmittagen empfing er, wenn er sich wohl fühlte, seinen Prokuristen, einen alten Angestellten, der sein volles Vertrauen genoß. In den Geschäften erwies sich der alte Herr immer noch als recht energisch und klarsichtig, und der Angestellte schloß daraus, daß die Krankheit des alten Herrn nicht sehr ernst sein könne und dieser früher oder später seine Geschäfte selbst wiederaufnehmen werde. Aber die Energie in den Geschäften war die gleiche wie diejenige, die ihn bei der Sorge um seine Gesundheit leitete. Die geringste Unpäßlichkeit veranlaßte ihn, die Geschäfte auf den nächsten Tag zu verschieben. Und um seines Wohlbefindens willen konnte er die Geschäfte auch ganz vergessen, sobald sein Angestellter gegangen war. Er setzte sich vor den Ofen und vergnügte sich damit, Kohlenstücke hineinzuwerfen und zuzusehen, wie sie verbrannten. Dann schloß er die geblendeten Augen und öffnete sie wieder, um das Spiel von neuem zu beginnen. So verbrachte er die Abende ebenso leerer Tage.

Sein Leben aber sollte so nicht enden. Es ist die Bestimmung gewisser Organismen, auch nicht das kleinste Restchen dem Tod zu überlassen, der so nur noch ein leeres Gefäß zu fassen bekommt. Alles, was brennen konnte, verbrannte, und die letzte Flamme war die schönste.

VII

Der alte Herr stand am Fenster und sah auf die Straße. Es war ein düsterer Nachmittag. Der Himmel war von grauem Nebel verhüllt und das Pflaster naß, obwohl es seit zwei Tagen nicht geregnet hatte. Die Hungernden begannen sich vor der Tür des Bäckers anzustellen.

Der Zufall wollte es, daß das junge Mädchen gerade in diesem Augenblick unter seinem Balkon vorüberging. Sie trug keinen Hut, doch schien sie dem alten Herrn, der über keine Einzelheit ihrer Kleidung hätte Auskunft geben können, besser angezogen als zu der Zeit, da er sie liebte. Sie war in Gesellschaft eines übertrieben modisch gekleideten jungen Mannes; er trug Handschuhe und einen eleganten Schirm, der zwei- oder dreimal zugleich mit dem Arm in die Höhe fuhr, mit dem er seine offenbar lebhafte Rede begleitete. Auch das Mädchen lachte und plauderte.

Der alte Herr schaute und keuchte. Es war nicht mehr das Leben der anderen, das sich dort auf der Straße abspielte, es war sein eigenes. Und die erste instinktive Regung des alten Herrn war Eifersucht. Mit Liebe hatte das nichts zu tun, es war nichts als niedrigste Eifersucht: «Die lacht und amüsiert sich, während ich krank bin.» Sie hatten gemeinsam gefehlt, und er war davon krank geworden, ihr war nichts geschehen. Was tun? Sie ging mit ihrem leichten Schritt, und bald würde sie die Straßenbiegung erreicht haben und verschwunden sein. Deshalb keuchte der alte Herr. Er hatte nicht einmal Zeit, seine Gedanken zu klären, und dabei hätte er ein solches Bedürfnis gehabt, mit ihr zu sprechen und ihr Moral zu predigen!

Als das junge Mädchen und ihr Begleiter verschwunden waren, wollte der alte Herr seiner Erregung, die ihm schaden konnte, möglichst rasch ein Ende setzen und sagte: «Um so besser! Die lebt und amüsiert sich!» Diese wenigen Worte enthielten zwei Lügen, denn erstens täuschten sie vor, daß der alte Herr sich während seiner Krankheit Sorgen über das Schicksal des jungen Mädchens gemacht habe, und zweitens, daß er froh sei, sie in dieser Weise durch die Straßen laufen und sich vergnügen zu sehen. Darum fand er keine Ruhe. Er blieb am Fenster und blickte in die Richtung, in der das Mädchen verschwunden war. Sollte sie zurückkommen, wollte er sie vom Fenster aus zu sich rufen. Es war nicht besonders kalt, außerdem schien es ihm erforderlich, sie zu sehen. Irgend jemand in seinem Inneren fragte ihn mißtrauisch: «Warum? Willst du von neuem beginnen?» Der alte Herr lachte: «Begierde? Nicht einmal im Traum!» Nichtsdestoweniger sah er weiterhin in die gleiche Richtung, mit dem Ausdruck heftigster Begierde. Ich wäre vollkommen beruhigt, dachte er, diesmal überzeugt, die Wahrheit zu sagen, wenn ich wüßte, daß der junge Mann sie liebt und heiraten will.

Niemand, auch er selbst nicht, hätte den Zustand des alten Herrn zu enträtseln vermocht, der mit dem jungen Mädchen und mit sich selber leidenschaftlich unzufrieden war. Er sah deutlich, daß er für das Verhalten des Mädchens mit verantwortlich war. Er bemühte sich, diese Verantwortung zu verringern, indem er sich vorhielt, daß er ihr ja stets Moral gepredigt habe, und suchte alles übrige zu vergessen. Um seine Ruhe wiederzugewinnen, müßte er ihr deutlicher (das heißt, indem er von ihr nichts für sich verlangte) die Grundsätze der Moral, die sie vielleicht vergessen hatte, einschärfen. Es bestand nämlich auch die Gefahr, daß sie seine Worte, nicht aber seine Taten vergessen hatte.

Er lief zum Tisch, um ihr zu schreiben, sie möge ihn besuchen. Warum nicht? Er würde sie mit der gleichen Gelassenheit empfangen wie seine Büroangestellten und ihr nahelegen, sich besser um ihre Zukunft zu kümmern.

Als er die Feder in der Hand hielt, wurde er verlegen. Er wollte ihr sogleich zu verstehen geben, daß der Brief nicht von einem Liebhaber, sondern von einem achtbaren alten Herrn kam, der sie einlud, ihn zu ihrem eigenen Besten aufzusuchen. Er nahm eine Visitenkarte und schrieb unter seinen Namen eine kurze Einladung. Er ließ die Visitenkarte auf dem Tisch liegen und trat wieder ans Fenster. Am besten wäre es, wenn sie noch einmal durch die Straße käme. Es bestand nämlich die Gefahr, daß sie seiner Einladung, die ihr seltsam vorkommen mußte, nicht Folge leistete. Aber es war wichtig, daß sie kam, wichtig für ihn.

Er kehrte zum Tisch zurück und schrieb wieder das gleiche Briefchen, das er ihr so oft geschickt hatte. Rot vor Scham, denn seine Schuld wurde ihm damit geradezu greifbar bewußt. Aber er brauchte diesem Kind gegenüber keine Rücksicht zu üben. Es genügte ihm, daß er sie zu kommen bewog, um sie dann endgültig aus seinem Leben zu entfernen; und um sein Leben von einer so unbequemen

Präsenz zu befreien, schien ihm nichts weiter nötig, als ihr klar (klarer, als es ihm in der Vergangenheit möglich gewesen war) sagen zu können: «Was mich betrifft, so verlange ich, daß du dich mir und allen anderen gegenüber tugendhaft benimmst.» Dann würde es ihm leichtfallen, nicht mehr daran zu denken.

Er wollte seine Ruhe wiedergewinnen, indem er seinen eigenen Entschluß unwiderruflich machte. Es gelang ihm, das Briefchen abzusenden, ohne daß es seine Pflegerin in die Hand bekam. Das Rendezvous war für die späten Nachmittagsstunden des folgenden Tages festgesetzt. Die frühen Nachmittagsstunden waren seiner Kur vorbehalten.

Er trat wieder ans Fenster. In dem Wunsch, sein Gewissen von allen Vorwürfen zu reinigen, ging er in Gedanken die Geschichte seines Verhältnisses mit dem jungen Mädchen noch einmal durch. Es wäre unangebracht, ihm irgendeine Bedeutung beizumessen. Es war zu leicht gewesen, dieses Mädchen zu haben. Ein ganz gewöhnliches Abenteuer. Nicht in seinem Leben jedoch und bedeutsam auch durch die Jugend und die Schönheit des Mädchens. Sicher ist, dachte der alte Herr, daß die anderen weit schlimmer sind als ich, und heute gar bin ich weit besser als alle anderen. Er glaubte, stolz darauf sein zu können, daß er keinerlei Begehren empfand, und mehr noch darauf, daß er das Mädchen zu sich bat, nur um ihr Gutes zu erweisen.

Er wollte ihr Geld geben. Wieviel? Zwei ... drei ... fünfhundert Kronen. Geld mußte er ihr geben, und sei es auch nur, um das Recht zu erwerben, sie zu erziehen. Er wollte sie sodann vor leichtfertigen Liebesverhältnissen warnen. Auch früher hatte er gegen derlei Liebschaften gepredigt, nun aber mußte er vergessen machen, daß er damals versucht hatte, die Liebschaft mit ihm unter die erlaubten einzureihen.

Auf der Straße spielte sich eine Szene ab, die seine ganze Aufmerksamkeit in Anspruch nahm. Die Akteure hatte er schon von weitem entdeckt, da sie sich aus der Richtung näherten, in die er starrte. Ein etwa acht- bis zehnjähriger Junge kam barfuß die Straße herunter und zog an der Hand einen Mann hinter sich her, der offensichtlich betrunken war. Der Junge schien sich seiner Verantwortung bewußt zu sein. Er ging mit kleinen, aber entschlossenen Schritten. Von Zeit zu Zeit warf er einen Blick auf den großen Mann hinter sich, der überzeugt schien, ihm folgen zu müssen, und dann blickte er wieder nach vorn, um auf den Weg zu achten. Ohne Zweifel wußte er, daß er zureden und führen mußte. So gelangten sie unter das Fenster des alten Herrn. An dieser Stelle verließ der Junge den Bürgersteig, um leichter vorwärts zu kommen, der Mann aber folgte ihm nicht gleich. So passierte es, daß sie mit den Händen, an denen sie sich hielten, gegen einen Laternenpfahl stießen. Der Junge erkannte nicht sofort, daß er sich hätte umwenden müssen, um dem Mann beizustehen. Er hatte es eilig, und wahrscheinlich tat er dem Betrunkenen weh, indem er dessen Hand gegen den Laternenpfahl drückte. Da packte den Mann plötzlich die Wut. Er riß sich von dem Jungen los und stieß ihn mit einem Fußtritt zu Boden. Glücklicherweise hinderte ihn die Trunkenheit an raschen Bewegungen, denn er wollte sichtlich noch einmal zuschlagen. Der Junge am Boden hob kindlich den Arm vors Gesicht, um sich zu schützen, er weinte und starrte angsterfüllt den Betrunkenen an, der sich über ihn beugte und vergebens bemüht war, das Gleichgewicht zu halten.

Der alte Herr am Fenster wurde von Schrecken erfaßt. Er öffnete das Fenster, vergaß für einen Augenblick die Sorge um seine Gesundheit und begann mit seiner heiseren Stimme um Hilfe zu rufen. Sofort eilten aus der Schlange vor der Tür der Bäckerei mehrere Personen herbei, so viele, daß der alte Herr bald weder den Jungen noch den

Betrunkenen mehr sehen konnte. Er schloß das Fenster, rief nach seiner Pflegerin und warf sich schwer atmend in einen Sessel. Es war zuviel für ihn. Die Beine trugen ihn nicht mehr.

In seiner langen Einsamkeit hatte er einen großen Ehrgeiz in sich genährt und sich für wohltätiger und besser gehalten als alle anderen, erst jetzt aber empfand er ein wirklich neues und überraschendes Gefühl wahrer, instinktiver Güte. Für kurze Zeit blieb er großmütig und gut, ohne daß irgendein Gedanke an seine eigene Person dieses Gefühl getrübt hätte. Es stimmt freilich, daß er nichts unternahm, um den armen Jungen, der Hilfe und Trost benötigte, zu sich zu holen. Er dachte nicht einmal daran; aber in Gedanken liebkoste er tief gerührt die mißhandelte kindliche Gestalt. Er entdeckte auch, als er an den Vorfall zurückdachte, einen Umstand, der sein Mitleid noch erhöhte: Er hatte das Kind weinen gesehen, aber keinen Schrei gehört. Vielleicht schämte sich der Junge, daß er öffentlich geschlagen wurde, und seine Scham, die es ihm verbot, die Aufmerksamkeit der anderen auf sich zu lenken, war stärker als sein Schrecken. Armes kleines Wesen, das dadurch noch wehrloser wurde.

Doch schon bald danach nahm der alte Herr seine gewohnte Beschäftigung wieder auf: die Sorge um die eigene Person. Das großmütige Gefühl hatte seine Brust jedoch so angenehm geweitet, daß er sofort eine wohltuende Wirkung dieser Anwandlung feststellen konnte. Um diese Wirkung noch zu verlängern, sprach er mit der Pflegerin über sein großes Erlebnis. Er, so sagte er, habe den Jungen gerettet: «Hätte ich nicht gerufen, dann hätte ihn dieser Kerl totgeschlagen.» Es war aber durchaus denkbar, daß sein heiserer Schrei gar nicht bis zur Straße gedrungen war.

Er dachte wieder an das Mädchen, und in seinen Gedanken stellte er eine Verbindung zwischen dem mißhandelten Jungen und der Kleinen her, die auf derselben

Straße von einem Stutzer ins Unglück geschleift wurde. Sein Mitgefühl mit dem Jungen brachte ihn schließlich so weit, daß er sich Vorwürfe machte, nichts anderes für ihn getan zu haben, als das Fenster aufzureißen und zu schreien.

Er schüttelte diese Last ab, indem er sich sagte: «Ich habe schon an ein Unglück zu denken, und das ist genug für mich!»

Er verbrachte die Nacht schlaflos bis zum Morgen. Er litt nicht, lag nur da und dachte nach. Sein Gewissen war nicht ruhig, das begriff er wohl, aber er konnte die Ursache nicht erkennen. Er beschloß, dem jungen Mädchen eine noch größere Summe zu geben. Wenn er sie dazu bringen konnte, Dankbarkeit für ihn zu empfinden, so würde das, meinte er, genügen, sein Gewissen wieder zu beruhigen.

Gegen Morgen schlief er ein und hatte einen Traum: Er ging in der Sonne und hielt das schöne Mädchen an der Hand, ganz so, wie der Betrunkene den Jungen an der Hand gehalten hatte. Auch das Mädchen ging ein wenig voran, und das ermöglichte ihm, sie besser zu betrachten. Sie war wunderschön, bekleidet mit den bunten Fetzen wie am ersten Tag, an dem er sie gesehen hatte. Im Gehen klopfte sie mit ihrem kleinen Fuß gegen den Boden, und bei jedem ihrer Schritte ertönte die Warnklingel wie damals in der Sant'Andrea-Allee. Der alte Herr, der bis dahin nur langsam Fuß vor Fuß gesetzt hatte, bemühte sich jetzt, die Kleine einzuholen. Sie war für ihn zur Frau seiner Wünsche geworden, so wie sie war, mit ihren Fetzen, ihrem Schritt und sogar mit dem silbernen Klang der Glocke, die an ihrem kleinen Fuß angebracht sein mußte. Plötzlich war er müde und wollte seine Hand aus der des Mädchens lösen. Das gelang ihm erst, als er erschöpft zu Boden fiel. Die Kleine ging wie ein Automat weiter, ohne ihn auch nur anzusehen, mit dem gleichen, immer vom Ton der

Warnklingel begleiteten Schritt. Trug sie ihr Geschlecht nun anderen an? Im Traum lag ihm nichts daran. Er erwachte. Er war schweißbedeckt wie in der Nacht des großen Anfalls.

«Oh, wie schmutzig!» rief er, erschrocken über seinen eigenen Traum. Er wollte sich durch die Feststellung beruhigen, daß der Traum nicht dem Träumenden angehöre, sondern von geheimen Mächten gesandt werde. Aber der Schmutz war offensichtlich seiner. Der Traum verursachte ihm sicherlich mehr Gewissensbisse als die jüngst vergangene Wirklichkeit, an der er bewußt teilgehabt hatte. Mitten unter den Kuren, die den ganzen Vormittag in Anspruch nahmen, drängte sich ihm, der sich von der Erinnerung an das nächtliche Erlebnis nicht lösen konnte, ein Gedanke auf: Zwischen dem zu Boden geworfenen und mißhandelten Jungen und dem Mädchen des Traums, das wie ein Automat seine Schönheit anbot, bestand eine Analogie. «Und zwischen mir und dem Betrunkenen?» forschte der alte Herr. Er wollte über den unmöglichen Vergleich lächeln. Dann dachte er: Ich kann immer noch alles gutmachen, wenn ich als ihr Wohltäter auftrete und sie besser erziehe.

Im Verlauf des Tages kamen ihm auch noch andere Zweifel. Und wenn er sich in der Wirklichkeit genauso benähme, wie er sich im Traum benommen hatte? Sicherlich, die Träume werden einem von anderswo gesandt und man ist nicht für sie verantwortlich, aber er war doch alt genug, um zu wissen, daß man sich auch in der Wirklichkeit bei gewissen Handlungen zuweilen nicht wiedererkennt. So hatte er sich zum Beispiel nach jenem denkwürdigen Spaziergang auf der Mole, wo er ganz andere Vorsätze gefaßt hatte, in jenes Abenteuer gestürzt. Sollten seine jetzigen Vorsätze keine stärkere Auswirkung haben als die von damals, dann war es geschehen um seinen Frieden, um seine Gesundheit und wohl auch um sein Leben.

Da aber reifte in dem alten Herrn ein Entschluß von wahrer Größe. Er beschloß, lieber auf das Leben zu verzichten, als wieder so einsam wie bisher inmitten seiner Apotheke weiterzuleben. Heute, besonders nach seinem Traum, fühlte er einen gesteigerten Lebens- und Tatendurst. Heute hätte er sich, wäre er nochmals Zeuge der Mißhandlung des Jungen geworden, nicht mehr in seinen ruhigen Winkel zurückziehen können wie am Tage zuvor. Er dachte sogar daran, daß er, wenn er seine Beziehung zu dem Mädchen einmal geklärt hätte, auch den Jungen ausfindig machen und beschenken könnte. Jetzt war die Sache freilich zu kompliziert, und er mußte erst den Besuch eines einflußreichen Freundes abwarten, den er mit den nötigen Recherchen betrauen könnte. An die vielen anderen Kinder, die sich in einer ähnlichen Situation befanden und für ihn erreichbar waren, dachte der alte Herr nicht, und auch dieses eine Kind, das er ins Herz geschlossen hatte, weil es vor seinen Augen geschlagen worden war, vergaß er bald.

Dem Arzt gegenüber erwähnte er sein nächtliches Erlebnis. Der alte Freund, der jeden Tag ein neues Indiz für die bevorstehende Genesung zu finden wußte, lächelte: «Siehst du, die Gesundheit kehrt wieder, ja sogar die Jugend.»

«So kündigen sich Gesundheit und Jugend an?» fragte der alte Herr verblüfft. Schön! Aber von dieser Jugend wollte er nichts wissen. Er wollte Ruhe, Heiterkeit, die wahre Gesundheit. Vor allem wollte er sich von jedem Vorwurf befreien, der sein Verhalten dem jungen Mädchen gegenüber betraf. Der Arzt konnte nicht ahnen, daß sein Patient nun entschlossen war, sich auf seine eigene Art zu kurieren, zumal der alte Herr selbst es ihm nicht hätte sagen können. Er wußte ja selber nicht, daß er auf dem Weg zu einer neuen Kur war.

Am Nachmittag schlief der alte Herr lange. Es war ein

erquickender, traumloser Schlaf. Er erwachte lächelnd wie ein kleines Kind aus diesem endlich unschuldigen, weil bilderlosen Schlaf.

Danach bereitete er das Abendessen für das Mädchen, genauso wie damals, als er sie das erste Mal erwartet hatte. Er zögerte einen Augenblick, ehe er an diese Arbeit ging. Aber dann sagte er sich, daß das Mädchen früher oder später von ihm harte Worte und nicht sonderlich unterhaltsame Predigten zu hören bekäme und es daher gut sei, ihr eine Entschädigung zu bieten, an der ihr offensichtlich viel lag. Also öffnete er sorgfältig die Konservendosen, die er so lange Zeit aufbewahrt hatte. Er lächelte, während er den Inhalt auf die Teller legte, die wieder auf dem kleinen Tisch bereitstanden: Das sollte die Pille versüßen, die ihr sonst allzu bitter hätte schmecken können.

Die vielen Vorbereitungen waren für die Pflegerin ein Alarmzeichen. War es nicht ihre Pflicht, den Doktor zu verständigen? Der alte Herr besänftigte sie mit überlegener Miene. Sein letzter Schlaf war ruhig gewesen und der vorausgegangene vergessen. Daher konnte der Verdacht der Pflegerin ihn nicht im geringsten verletzen. Er sagte ihr, sie könne der Unterredung vom Nebenzimmer aus beiwohnen. Zum erstenmal sprach er offen von der Vergangenheit und gestand ein, was sie bereits wußte oder zumindest argwöhnte. «Jugendsünden muß man vergessen. Jedenfalls kann man sie nicht wiederholen.» Die Pflegerin aber beruhigte sich nicht. Obwohl es ihr in diesem Hause an nichts fehlte, sah sie es doch ungern, daß diese guten Speisen für andere hergerichtet wurden. Giftig antwortete sie: «Vor fünf Monaten waren Sie also noch jung!»

«Nur fünf Monate sind seither vergangen?» fragte der alte Herr erstaunt. Ihm schien es, als wären seit dem letzten Besuch des Mädchens hundert Jahre verstrichen. Er rechnete nach und stellte fest, daß die inzwischen verflossene Zeit nicht einmal fünf Monate betrug. Er gab der

Pflegerin keine Antwort, aber er zweifelte daran, daß er wirklich alt sei, da er vor fünf Monaten noch so jung gewesen war. Doch zweifelte er nicht an seinem aufrichtigen Wunsch nach Moral und Güte.

VIII

Das junge Mädchen kam wie immer pünktlich zum Rendezvous. Diesmal hatte der alte Herr sie nicht mit der gleichen nervösen Spannung erwartet wie einst. Das gab ihm Trost: Wenn der Traum ihm auch sexuelle Erregung vorgetäuscht hatte, die Wirklichkeit – dessen war er sich jetzt gewiß – war doch ganz anders beschaffen. Aber eine große Überraschung war ihm die tiefe Bewegung, von der er ergriffen wurde, als er das liebe Gesicht des jungen Mädchens wiedersah. Jetzt wurde ihm klar, daß er ihr gegenüber unmöglich, wie er es sich vorgenommen hatte, die Haltung eines Bürovorstehers einnehmen konnte. Fast schwanden ihm die Sinne. Wie bezaubernd war doch dieses Gesichtchen mit den großen Augen, von dem er jede Linie kannte, weil er es geküßt hatte, und wie lieblich war diese Stimme, die er gehört hatte, als er jene Dinge tat, die ihm Gewissensbisse verursachten. Er fand keine Worte, um sie zu begrüßen, und hielt ihre kleine behandschuhte Hand lange in der seinen. Es war so schön, jemanden liebzuhaben. Brach für ihn eine neue, letzte Jugend an? Eine neue Kur, wirksamer als alle anderen?

Dann betrachtete er sie. Das Gesicht kam ihm weniger frisch vor. Um den Mund, der vor fünf Monaten noch einer eben aufgebrochenen Knospe geglichen hatte, war jetzt der eine oder andere Zug verändert. Der Mund selbst war ein wenig auseinandergezogen, und die Lippen schienen ihm schmaler. Etwas Bitterkeit? War sie ihm vielleicht böse? Denn er hatte ihr – jetzt erst erinnerte er sich daran –

Liebe und Schutz versprochen und sich dann allen Verpflichtungen, die er ihr gegenüber eingegangen war, plötzlich entzogen. Daher waren seine ersten Worte eine Bitte um Verzeihung. Er erzählte ihr, daß er damals, als er ihr geschrieben hatte, er müsse die Stadt verlassen, in Wahrheit erkrankt sei. Er schilderte den schweren Anfall, der weit hinter ihm lag, so, als hätte er bis gestern angedauert. In gewisser Hinsicht schwindelte er also, aber nur um sicher zu sein, sofort Vergebung zu finden.

Sie jedoch dachte gar nicht daran, ihm böse zu sein. Im Gegenteil! Sie hatte sofort Anstalten gemacht, ihn zu küssen, sogar auf den Mund. Er bot ihr seine Wange und berührte mit seinen Lippen die ihre. «Wie schade!» sagte sie. «Es wäre doch viel besser gewesen, du wärst verreist, statt krank zu werden.»

Um sie besser sehen zu können, hieß er sie am anderen Ende des Tischs Platz nehmen. Mutter Natur hat offenbar die Tatsache, daß die alten Herren in der Nähe weniger gut sehen, mit der verknüpft, daß es für sie ohnehin zwecklos wäre, die Objekte in Reichweite zu haben.

Er stellte sogleich verwundert fest, daß die Locken, die er tags zuvor in der Luft hatte flattern sehen, nun mit einem eleganten, in vornehmen und ernsten Farben gehaltenen Federhut bedeckt waren. Was bedeutete diese Verwandlung, wie man das in Triest wohl nennen konnte, wo der Hut einer Dame geradezu die Gesellschaftsklasse bezeichnet, der sie angehört? Sie trug einen Hut, wenn sie zu ihm kam, und keinen, wenn sie auf der Straße ging? Seltsam! Und wie verändert war ihre ganze Art, sich zu kleiden! Das war nicht mehr das Kind aus dem Volk, sie gehörte nun dem Bürgertum an, das bewiesen ihr Hut und ihr Kleid mit dem eleganten Schnitt und dem großen Stoffaufwand, wie es damals, als Stoffmangel herrschte, Mode war. Kennzeichen des Bürgertums, wenn auch eines etwas entarteten, waren auch die durchsichtigen Seidenstrümpfe, die das Bein nur wenig vor Kälte schützten, und die kleinen Lackschuhe. Nicht nur aus Zuneigung war der alte Herr außerstande, die strenge Miene aufzusetzen, die er sich vorgenommen hatte, sondern ein wenig auch aus Befangenheit. Sie war zweifellos die eleganteste Person, mit der er sich seit langer Zeit unterhalten hatte. Er hingegen war sehr lässig gekleidet und trug nicht einmal einen Kragen, weil er ihn drückte. Mit einer instinktiven Bewegung führte er die Hand zum Hals, um sich zu vergewissern, daß wenigstens das Hemd zugeknöpft war.

Woher bekam sie das Geld, um all die schönen Dinge kaufen zu können? Statt an das zu denken, was er ihr hatte sagen wollen, fing der alte Herr an nachzurechnen. Wieviel Geld hatte er ihr fünf Monate zuvor gegeben? Konnte dieses Geld genügen, um all den Luxus zu erklären?

Sie sah ihn lächelnd an und schien zu warten. Er war bereits entschlossen, vorläufig nicht die Rolle des Mentors zu spielen, zumal es ihm Ermahnung genug schien, selbst ein Beispiel von Tugend zu geben. Und da er nicht wußte, was er sonst sagen sollte, fragte er: «Bist du immer noch bei der Straßenbahn?»

Zuerst sah es aus, als habe sie nicht recht gehört: «Bei der Straßenbahn?» Dann schien sie sich zu erinnern. Das sei kein geeigneter Posten für ein junges Mädchen. Sie habe ihn schon vor längerer Zeit aufgegeben.

Er bat sie zu Tisch. Das war ein Mittel, Zeit zu gewinnen, denn er war unschlüssig, ob er ihr Vorwürfe machen sollte, weil sie ihre Arbeit aufgegeben hatte. Während sie sich zum Essen anschickte, indem sie langsam ihre Handschuhe auszog, fragte er: «Und was machst du jetzt?»

«Jetzt?» fragte das Mädchen, ebenfalls zögernd. Dann lächelte sie: «Jetzt suche ich eine Anstellung, und du sollst sie mir verschaffen.»

«Sehr gerne», sagte der alte Herr. «Sobald ich gesund bin, nehme ich dich in mein Büro. Hast du etwas Deutsch gelernt?»

«Ach ja, Deutsch!» sagte sie und lachte herzlich. «Mit Deutsch haben wir beide angefangen, uns zu lieben, und man könnte weitermachen, es gemeinsam zu lernen.» Er tat, als verstünde er diesen Vorschlag nicht.

Sie begann zu essen, doch mit sehr viel Anstand. Messer und Gabel wurden mit großer Sicherheit gehandhabt, die Bissen wanderten in der richtigen Größe zum Mündchen, während bei den Abendessen, zu denen er sie früher eingeladen hatte, auch die zarten Finger bei der Zerkleinerung und dem Transport der Speisen hatten mithelfen müssen. Der alte Herr meinte, er müsse sich darüber freuen, daß sie so fein geworden war.

Er war immer noch unschlüssig. Wenn er weiterhin mit ihr lachte und scherzte, wohin würde das führen? Um sie nicht zu kränken, entschloß er sich, nur von seiner eigenen Schuld zu reden: «Wenn ich dich an jenem Tag nur in der Absicht angesprochen hätte, dir zu deinem eigenen Besten zu raten ...»

Mit ihrem einfachen gesunden Menschenverstand fand die Kleine da einen Einwand, der den alten Herrn auch später noch beschäftigen sollte: «Aber wenn du dich nicht in mich verliebt hättest, dann hättest du mich doch gar nicht angesprochen.» Tatsächlich sah er sofort ein, daß er, wenn ihn sein Verlangen nicht auf jener Straßenbahnplattform festgehalten hätte, einfach beim Tergesteum ausgestiegen wäre, ohne auch nur daran zu denken, daß das junge Mädchen ihn brauchen könnte.

Sie hatte seine Worte nicht allzu ernst genommen, denn sie fragte sofort: «Habe ich hübsch ausgesehen in dieser Riesenkutsche? Sag die Wahrheit! Ich habe dir gut gefallen!» Sie erhob sich, trat zu ihm und streichelte seine Wange, die an diesem Tage rasiert war. Er konnte nicht umhin, ihre Zärtlichkeit zu erwidern, und schob seine Hand unter ihr Kinn.

Er wollte seine Rede wiederaufnehmen: «Ich war zu alt für dich, und ich hätte es wissen müssen.»

«Alt!» protestierte sie. «Ich mochte dich gleich, denn dein vornehmes Äußeres hat mir gefallen!» Bei diesem Kompliment mußte er ehrlich befriedigt lächeln. Er wußte, daß er auch als alter Herr eine vornehme Erscheinung war, und das tat ihm immer noch wohl.

«Aber wenn du mich», fügte sie zwischen zwei Bissen hinzu, «als Tochter adoptieren wolltest, dann denk daran, daß es dazu noch nicht zu spät ist. Wäre ich nicht eine schöne Tochter?»

Aus jedem ihrer Worte sprach eine große Selbstgefälligkeit, und ihm schien, das Kind aus dem Volk sei ganz anders gewesen. In ihren Fetzen, als sie ihn verführt hatte, war sie weit moralischer. Trotz des Essens fand sie die Zeit, sich in ihrem Sessel zurückzulehnen und dem alten Herrn ihre elegant bestrumpften Beine vor Augen zu führen. Sie adoptieren? Eine Frau, die ihn ihre Beine sehen ließ, an denen ihm nichts lag?

Der Zorn machte ihn gesprächiger: «Schon damals habe ich dich angesprochen, weil ich dir zu einem besseren Leben verhelfen, etwas Gutes für dich tun wollte. Erinnerst du dich, daß ich mit dir von Anstellung und von Lernen gesprochen habe? Dann hat die Leidenschaft die Überhand gewonnen. Aber erinnerst du dich, daß ich am ersten Abend sofort wieder von Arbeit reden wollte und dann am zweiten Abend, und jedesmal, wenn ich dich sah, davon sprach? Ich sagte dir auch, daß du vorsichtig sein und dich vor anderen leichtfertigen Liebschaften hüten sollst. Erinnerst du dich?» Er hatte ihr somit ganz nebenbei mitgeteilt, daß auch das Verhältnis mit ihm leichtfertig gewesen war.

Er atmete auf. Da das Mädchen sich an alles erinnerte,

was er wollte, und an nichts anderes, atmete er auf. Ihm schien, daß er sich von jedem Vorwurf reingewaschen habe, und er glaubte, nun dem Mädchen Moral predigen zu können, ohne durch das Beispiel widerlegt zu werden, das er selbst ihr gegeben hatte. Seiner Pflegerin gegenüber war er aufrichtiger gewesen und hatte die früheren Verirrungen mit seiner Jugend entschuldigt. Dem jungen Mädchen gegenüber war er hingegen bestrebt, diese Verirrungen durch die Worte auszulöschen, mit denen er sie damals begleitet hatte.

Dies schien ihm gelungen zu sein, und er war darüber unsäglich froh. Er glaubte, er könne jetzt die ganze Welt objektiv betrachten und befinde sich endlich jenseits all der Gefährdungen, denen jeder Mensch durch seine Schwächen ausgesetzt ist. Wäre er wirklich der objektive Betrachter gewesen, für den er sich hielt, dann hätte er bemerken können, daß das Mädchen immer noch etwas Volkstümliches, Einfaches und Naives an sich hatte, und er hätte sich darüber gefreut. Sie fuhr fort, mit gutem Appetit zu essen, und versicherte, sich an all das zu erinnern, was er wollte, und an nichts von dem, was er nicht wollte. Sie hatte absolut nicht verstanden, warum er so mit ihr redete, war aber von seinen Worten nicht weiter überrascht. Sie hätte sich gar nicht gewundert, wenn er sie anschließend geküßt und umarmt hätte wie früher. Es war ja möglich, daß er es früher gewohnt war, mit der Liebe zu beginnen und mit der Predigt zu enden, und daß er sich jetzt, nach seiner schweren Krankheit, entschlossen hatte, mit der Predigt anzufangen; und es war nicht ihre Aufgabe, den Grund dieser Veränderung zu verstehen.

Sie beteuerte jedoch, daß sie seine Ermahnungen stets befolgt habe. Sie habe sie nie vergessen, und nie habe sie sich in leichtfertige Liebschaften eingelassen. Sie sagte es heiter, weiterkauend und ohne auch nur das Gesicht ihres

Gesprächspartners zu prüfen, um zu sehen, ob er ihr glaube.

Er glaubte ihr nicht, hielt es aber für seine Pflicht, sich für ihr Entgegenkommen ein wenig erkenntlich zu zeigen: «Brav», sagte er, «ich bin zufrieden mit dir. Du machst mir ein richtiges Geschenk, wenn du anständig bleibst, und du wirst sehen, ich werde mich dafür dankbar erweisen.» Er meinte, bei dieser ersten Unterredung schon viel erreicht zu haben. Den Rest konnte er für den nächsten Tag aufsparen, nachdem er sich die nötige Zeit zur Überlegung genommen hätte. Es war ihm aber nicht möglich, das Gesprächsthema zu wechseln, nicht allein deshalb, weil alte Menschen ein wenig wie die Krokodile sind, die nur schwer die Richtung ändern können, sondern auch weil ihn jetzt mit dem Mädchen nur noch ein einziges Band verknüpfte. Im Grunde genommen hatte ihn nie mehr als ein Band mit ihr verbunden, nur war es jetzt nicht mehr das gleiche. «Und dieser junge Mann, mit dem du gestern unter meinem Fenster vorbeigegangen bist?»

Sie erinnerte sich nicht gleich, daß sie durch seine Straße gekommen war. Sie erinnerte sich erst nach einer großen Gedächtnisanstrengung, vielmehr einer umständlichen Überlegung: Sie mußte wohl auf dem Weg von zu Hause in eine andere Straße durch die seine gekommen sein. Der junge Mann sei ein Vetter von ihr, der vom Studieren heimgekehrt war. Ein Junge ohne jede Bedeutung.

Wiederum glaubte er ihr nicht, hielt es aber für angebracht, die Sache einstweilen auf sich beruhen zu lassen. Bevor er sie verabschiedete – er schützte große Müdigkeit vor –, gab er ihr Geld, diesmal nicht in einem Kuvert verschlossen, sondern sorgsam auf den Tisch gezählt. Er schaute die Kleine an, um ihre Dankbarkeit genießen zu können. Viel sah er davon nicht. Es hatte ihr ja immer widerstrebt, von Geld zu sprechen, und der alte Herr mußte sie mehrmals auffordern, dem Abzählen des Geldes zuzusehen, denn sie schaute weg; außerdem war die Summe, ehrlich gesagt, nicht groß, denn damals konnte man mit diesem Geld bestenfalls die Schuhe kaufen, die das junge Mädchen trug.

Sie ging, nachdem sie ihm einen herzhaften Kuß gegeben hatte, und sicherlich dachte sie, daß die Liebe der nächsten Begegnung vorbehalten sein werde.

IX

Wenn der alte Herr Ordnung in seine Gedanken bringen wollte, pflegte er mit der erstbesten Person zu reden, die gerade in seiner Nähe war, also stets mit seiner Feindin und einzigen Gesellschaft, der Pflegerin. Er erzählte ihr daher, daß er sich erleichtert fühle, weil sich das junge Mädchen auch des Moralunterrichts erinnerte, den er ihr seinerzeit erteilt habe, und er hielt auch nicht inne, als die Pflegerin ihm einen erstaunten Blick zuwarf. Arglos, so als denke er laut, erzählte er ihr dann, daß es nun seine Absicht sei, der Wohltäter des Mädchens zu werden, und er nannte auch die Summe, die er ihr an diesem Tag vorläufig gegeben hatte.

Die Pflegerin fuhr auf. Sie wurde immer böse, wenn man das Mädchen erwähnte, diesmal aber galt ihre Verachtung dem Betrag, der ihm so ansehnlich vorgekommen war. Sie war keine schlaue Person – wie man später sehen wird –, damals jedoch verfolgte sie eine bestimmte Politik, die darauf zielte, eine Gehaltserhöhung zu erlangen. Der alte Herr habe wohl immer noch nicht begriffen, daß das Geld heute weniger wert sei denn je. Gleich darauf fügte sie hinzu: «Was die da betrifft –» die vage Handbewegung galt dem Mädchen – «so kann sie sich leicht an Ihren schönen Moralunterricht erinnern, sie hat davon sicherlich viel profitiert.»

Diese zweite Bemerkung traf den alten Herrn weniger als die erste. Daß er sich als schmutziger Geizhals erwiesen hatte, während er sich doch besonders großzügig zeigen wollte, empfand er als schlimm. Wenn es stimmte, was die Pflegerin sagte, dann hatte er einen schweren Fehler begangen, denn diese Summe sollte sein Lösegeld darstellen, das kein kleiner Betrag sein durfte.

Das war der erste Grund zur Unzufriedenheit, nachdem er schon so sicher gewesen war, seine Ruhe zu finden. Gewissensbisse sind im Grund nichts anderes als das Ergebnis einer bestimmten Art und Weise, sich im Spiegel zu sehen. Und er sah sich schäbig und klein. Immer hatte er diesem Mädchen zuwenig gezahlt. Großzügige Männer gehen für bestimmte Freuden entsprechende Verpflichtungen ein. Um keine eingehen zu müssen, hatte er, wie er sich erinnerte, in der Vergangenheit nicht einmal die Zusammenkünfte mit ihr im voraus festgesetzt, so daß es einfach genügte, sie nicht zu bestellen, wenn er von ihr genug hatte. Andere Männer bezahlen die Frauen täglich, denn sie müssen ja auch dann essen, wenn man nichts von ihnen verlangt. Er hingegen hatte die Kleine bei der Straßenbahn arbeiten lassen, damit sie jeden Tag essen könne, und sie dann, wie er glaubte, großzügig bezahlt, in der Meinung, er schulde ihr nichts weiter als den Lohn für ein paar Stunden. So hatte er dieses Abenteuer unterhalten, das er, um es weniger anstößig erscheinen zu lassen, «echt» zu nennen beliebte.

Das, so schien ihm, waren die wahren Gewissensbisse, und nicht der Umstand, daß er, ein alter Mann, sich an ein junges Mädchen gehängt hatte. Warum hätte es ihm Gewissensbisse verursachen sollen, wenn er das Mädchen an Stelle dieser widerlichen Pflegerin zu sich genommen hätte? Der alte Herr lächelte, ein wenig bitter zwar, aber er lächelte. Die Kleine für immer an seiner Seite! Der schwere Anfall wäre noch viel früher gekommen. Jetzt bestand die

Gefahr nicht mehr, denn er war sicher, daß er in nächster Nähe des Mädchens leben könnte, ohne irgendwelche Versuchungen befürchten zu müssen. Es störte ihn, daß sie sich ihm gegenüber immer noch als Sirene gab, und das war der Grund, warum er sie jetzt nicht neben sich ertragen hätte.

Früher jedoch, als er sie geliebt hatte, wäre es seine Pflicht gewesen, sie bei sich zu behalten, und sie wäre auch besser erzogen worden. So machen es die Jungen, die Alten hingegen lieben und laufen dann davon oder stoßen den Gegenstand ihrer Liebe von sich.

Wie lächerlich mußte er gewirkt haben, als er sie gezwungen hatte, dem Abzählen jener großen Summe, mit der er sie bedachte, zuzusehen! Aber das ließ sich wiedergutmachen. Er gab sofort seinem Angestellten den Auftrag, ihm am nächsten Tag eine ansehnliche Geldsumme zu bringen.

Auch anderes ließ sich wiedergutmachen. Da er für sie nur eine väterliche Zuneigung empfand, konnte er wohl versuchen, sie zu erziehen. Er fühlte die Kraft dazu. Nur mußte er sich auf die nächste Begegnung gut vorbereiten. Ihm lag jetzt nichts mehr daran, sie an die dummen Worte zu erinnern, mit denen er seine eigene Verderbtheit zu verbrämen pflegte. Er war ihr gegenüber schwach gewesen, weil er immer noch von dem sinnlosen Wunsch geleitet wurde, rein zu erscheinen.

Eine Weile blieb er noch in seinem Sessel sitzen, um zu überlegen. Es wäre ihm jetzt sehr angenehm gewesen, sein Vorhaben mit jemandem besprechen zu können, ehe er es in die Tat umsetzte. Auch in seinen Geschäften war er es gewohnt, sich mit seinem Prokuristen zu beraten, um sich über seine eigenen Absichten klarzuwerden. In diesem Geschäft aber, das er allein durchführte, konnte er sich bei niemandem Rat holen. Mit seiner Pflegerin durfte er darüber gewiß nicht reden.

So kam es, daß mein guter alter Herr auf seine alten Tage zum Schriftsteller wurde. An diesem Abend machte er sich nur ein paar Notizen für den Vortrag, den er dem jungen Mädchen halten wollte. Ziemlich kurz: Er berichtete von seinen Vergehen, ohne sie abzuschwächen. Er hatte alle Vorteile genießen und sich jeglicher Verpflichtung entziehen wollen. Das waren seine beiden Vergehen. Es war ganz einfach, sie niederzuschreiben! Würde er auch den Mut aufbringen, das dem jungen Mädchen gegenüber zu wiederholen? Warum nicht, da er doch bereit war zu bezahlen? Mit Geld und mit seiner eigenen Person, das heißt, sie zu erziehen und zu beschützen. Dieser Stutzer würde kein so leichtes Spiel mehr haben. Jetzt, beim Schreiben, tauchte plötzlich auch der auf, der doch wohl seinen Anteil an den Leiden und an den Gewissensbissen des alten Herrn gehabt haben mußte.

Diese Aufzeichnungen wurden erst mit Bleistift notiert und dann sorgfältig mit der Feder übertragen. Die beschriebenen Blätter waren in diesem Zimmer sicher, denn die Pflegerin konnte nicht lesen. Als er die Notizen mit der Feder abschrieb, fügte er noch eine mehr allgemeine, ziemlich langweilige und rhetorische Moral hinzu. Er hielt sie für eine Verbesserung und Bereicherung. Statt dessen hatte er damit alles zunichte gemacht. Aber das war wohl unvermeidlich bei einem Neuling. In früheren Zeiten war der gute alte Herr ein Skeptiker gewesen. Jetzt, da sein Organismus durch die Krankheit aus dem Gleichgewicht geraten war, fühlte er sich geneigt, die Schwachen zu beschützen, und gleichzeitig empfand er den Wunsch nach Öffentlichkeit. Er glaubte plötzlich, daß er etwas zu sagen habe, und nicht bloß dem jungen Mädchen.

Er las sein Manuskript wieder durch, und, offen gestanden, es war eine Enttäuschung. Aber keine endgültige, denn er fand, daß er gut gedacht und schlecht geschrieben habe. Das konnte durch einen zweiten Versuch korrigiert werden. Immerhin meinte er, diese Notizen könnten ihm für das Mädchen nützlich sein. Ihm selber freilich, der sich von dem Augenblick an, da er denken konnte, so oft hatte Moralpredigten anhören müssen, lag dieses Zeug nicht. Das Mädchen hingegen mochte vielleicht schon von vielen Dingen dieser Welt genug haben, aber bestimmt nicht von Moral. Vielleicht würden sie die Worte, die ihm, als er sie schrieb, etwas bedeutet hatten, und nun, da er sie las, nichts mehr bedeuteten, doch rühren.

Auch diese Nacht verlief unruhig, aber nicht unangenehm. Andauernde Schlaflosigkeit hat immer etwas von Delirium. Nicht alle Zellen bleiben wach. Gewisse Wirklichkeiten sind ausgelöscht, und diejenigen, die lebendig bleiben, entfalten sich ungehemmt. Der alte Herr lächelte sich selbst als großem Schriftsteller zu. Er wußte, daß er der Welt etwas zu sagen hatte, nur wußte er in diesem Dämmerzustand nicht recht, was. Er war sich jedoch bewußt, halb zu schlafen, aber der Tag und das Licht würden seinem Geist zu Hilfe kommen.

Als er gegen Morgen endlich einschlief, hatte er einen Traum, der schön begann und häßlich endete. Er befand sich inmitten einer Gruppe von Männern, die im Kreis auf dem großen Exerzierplatz standen. Ihnen allen stellte er das junge Mädchen in seinen bunten Fetzen vor, und alle klatschten Beifall, als hätte er sie so schön gemacht. Dann klammerte sie sich an ein Trapez, das von einer Oberleitung hing und genau über all den Männern kreiste. Und als das Mädchen vorüberschwebte, streichelten alle ihre Beine. Auch er wartete sehnsüchtig darauf, diese Beine streicheln zu können, sie kamen aber nie zu ihm, und als sie zu ihm kamen, brauchte er sie nicht mehr. Und alle diese Leute begannen zu schreien. Sie schrien ein einziges Wort, das er nicht verstand, bis er mitgerissen wurde, es ebenfalls zu schreien. Es lautete: Hilfe!

Er erwachte, von kaltem Schweiß bedeckt. Der schwere

Anfall nagelte ihn aufs Bett wie an ein Kreuz. Er starb! Der Tod in diesem Zimmer war nichts als ein Flügelschlagen. Es war der Tod selbst, der in ihn eindrang, zusammen mit dem vergifteten Degen, der sich in seinem Arm und in seiner Brust krümmte. Er bestand nur noch aus Schmerz und Angst. Später meinte er, auch seine Scham über den schmutzigen Traum habe zu seiner Verzweiflung beigetragen. Aber in dem großen Schmerz konnten alle Gefühle, die ihm je im Leben das Gemüt verdüstert hatten, eingeschlossen sein, also auch sein Abenteuer mit dem jungen Mädchen.

Als der Schmerz und die Angst schwanden, kreisten seine Gedanken weiter um dieses sein größtes Problem. Möglicherweise dachte er, die Beschäftigung damit sei für ihn der Beginn einer großen Kur. Wie wichtig war das Mädchen in seinem Leben geworden! Ihretwegen war er krank geworden. Jetzt verfolgte sie ihn in seine Träume und bedrohte ihn mit dem Tode. Sie war wichtiger als alle anderen und alles andere in seinem Leben. Auch das, was er an ihr verachtete, war für ihn wichtig. So hatten ihre Beine, über die er sich im Leben empörte, im Traum ihre verführerische Wirkung erwiesen. Im Traum war sie ihm in ihren Fetzen erschienen, aber die Beine hatten genauso wie am Tage zuvor in Seidenstrümpfen gesteckt.

Der Arzt kam mit seinen üblichen Anweisungen und seiner üblichen vertrauensvollen Ruhe, unerschütterlich, solange ihn die Angina pectoris nur als Gegenstand der Behandlung betraf. Er erklärte, dieser Anfall sei der letzte gewesen. «Der große Schmerz war sogar ein günstiges Zeichen, da in zerrütteten Organismen nie große Schmerzen auftreten.» Und außerdem: man ging der guten Jahreszeit entgegen. Auch sei es sicher, daß der Krieg sich seinem Ende nähere, und der alte Herr würde dann die Möglichkeit haben, einen geeigneten Kurort aufzusuchen.

Die Pflegerin vergaß nicht, den Arzt von dem Besuch in

Kenntnis zu setzen, den der alte Herr am Tag zuvor gehabt hatte. Lächelnd empfahl der Arzt, derartige Besuche nicht mehr zu empfangen, solange er sie nicht erlaube.

Mit männlicher Entschlossenheit wies der alte Herr ein solches Verbot zurück. Man mußte ihn heilen, ohne ihm etwas zu verbieten. Der Besuch konnte ihm nicht geschadet haben, er empfand eine solche Vermutung als Beleidigung. Er würde das Mädchen demnächst wieder zu sich rufen, und er würde es häufig sehen. Der Arzt konnte sich ja – wenn er wollte – vergewissern, daß diese Besuche für ihn unschädlich waren.

Eine solche Haltung des alten Herrn, unmittelbar nachdem er so quälende Schmerzen gelitten hatte, war der Ausdruck wahrer Größe. Er fühlte, es war eine Kraftprobe. Die anderen konnten ja nicht wissen, daß der schwere Anfall nicht das wichtigste Erlebnis der vergangenen Nacht gewesen war. Sein Leben konnte sich nicht länger wie bisher zwischen Bett und Sofa abspielen. Es mußte intensiver und weiter werden, damit seine Gedanken sich nicht immer um seine eigene bescheidene Person drehten. Er war bereit, die Anordnungen des Arztes zu befolgen, glaubte aber zu wissen, daß auch noch etwas anderes für seine Kur wichtig sei, das er dem Arzt nicht sagen wollte.

Der Arzt ließ sich auf keine Diskussionen ein, denn als alter Praktiker glaubte er nicht an ihre Heilkraft.

Weicht ein großer Schmerz, so empfindet man ein großes Wohlgefühl, und der alte Herr war an diesem Tag ganz davon durchdrungen. Die Möglichkeit, sich frei zu bewegen und frei zu atmen, ist für jemanden, dem sie auch nur für wenige Augenblicke genommen wurde, ein wahres Glück. An diesem Tag fand der alte Herr überdies die Zeit, dem Mädchen zu schreiben. Er sandte ihr das Geld, das er ihr am Tag zuvor zugedacht hatte, und teilte ihr mit, daß er ihr auch in der Folge Geld schicken werde.

Er bat sie, ihn nicht zu besuchen, solange er sie nicht einlade, da er wieder erkrankt sei.

Er wußte jetzt, daß er das Mädchen in den bunten Fetzen liebte, liebte wie eine Tochter. Er hatte sie in der Wirklichkeit besessen und er hatte sie im Traum besessen, sogar in zwei Träumen. In beiden Träumen, sagte sich der alte Herr, der nicht wußte, daß Träume in der Nacht geträumt und am Tage ergänzt werden, sei vielleicht ein großer Schmerz die Ursache des Übels gewesen, das ihn befallen hatte, der des Mitleids. Das also war das Los, das der Kleinen beschieden war, und er hatte dazu beigetragen. Durch seine Schuld war sie mit der Warnklingel am Fuß durch die Straßen gegangen oder hatte sich, noch dazu an eine Oberleitung gefesselt, im Kreise schwebend den Augen und Händen der Männer dargeboten. Und es spielte dabei keine Rolle, daß das Mädchen, als es ihn am Tag vorher besuchte, keinerlei Gefühl von Mitleid oder Zärtlichkeit in ihm hatte erwecken können. Jetzt war sie nun einmal so und man mußte sie retten, indem man ihr half, wieder das gute, liebe kleine Mädchen zu werden, das – leider! – die Seine gewesen war und die er nun ihrer Schwäche wegen liebte, welche Zärtlichkeit und Schutz verlangte.

Wie süß war doch das Gefühl, das ihm aus diesem Vorsatz erwuchs! Ein Gefühl, das alle Fasern seines Wesens durchdrang, aber alle Dinge und Menschen verwandelte, sogar seine Pflegerin, ja selbst seine Krankheit, von der er glaubte, daß er sie bekämpfen könne.

Schon am nächsten Tag ließ er den Notar kommen und verfaßte ein Testament, in dem er, abgesehen von einigen Legaten, die ihm beträchtlich erschienen, aber im Vergleich zu seinem Vermögen geringfügig waren, dem jungen Mädchen alles vermachte, was er besaß. So würde sie es wenigstens nicht mehr nötig haben, sich zu verkaufen.

Die Erziehung des Mädchens sollte beginnen, sobald er, nachdem er sich erholt hätte, dazu in der Lage wäre. Er verbrachte einige Tage damit, die Notizen zu überarbeiten, die er verfaßt hatte und die die Grundlage der Predigten bilden sollten, die er dem Mädchen halten wollte. Dann aber vernichtete er sie, denn er war nicht zufrieden damit. Er wußte jetzt ganz genau, worin die Verfehlung bestand, die er und sie begangen hatten, die ihn krank gemacht und sie verdorben hatte. Nicht, daß er für die Liebe nicht angemessen gezahlt oder daß er das Mädchen verlassen hatte, mußte sein Gewissen beunruhigen. Er hatte schon durch die Art gefehlt, wie er sich an sie herangemacht hatte. Das war die Verfehlung, die er untersuchen mußte. Daher begann er mit neuen Aufzeichnungen über die Beziehungen, die zwischen Jungen und Alten möglich und erstrebenswert sind. Er fühlte, daß er kein Recht hatte, dem jungen Mädchen die Liebe zu verbieten. Die Liebe konnte für sie durchaus etwas Moralisches sein, aber man mußte ihr jede leichtfertige Liebschaft verbieten, und vor allem die Liebschaft mit alten Männern. In seinen Aufzeichnungen versuchte er eine Zeitlang, neben die alten Herren, die zu meiden waren, auch den jungen Stutzer mit dem eleganten Schirm zu stellen, den er immer noch nicht vergessen hatte. Das komplizierte seine Aufgabe, und die Notizen büßten so an Klarheit und Entschiedenheit ein. Schließlich verschwand der junge Stutzer aus den Aufzeichnungen, und sie standen sich allein gegenüber, der alte Herr und das junge Mädchen.

Die Zeit verging, und er fühlte sich nie bereit, das Mädchen zu sich zu bitten. Er hatte viel geschrieben, aber es war nötig, Ordnung in diese Notizen zu bringen, damit sie zur Hand wären, wenn er sie brauchte. Jede Woche ließ er dem jungen Mädchen durch seinen Angestellten eine bestimmte Summe zukommen und schrieb ihr, daß er sich immer noch nicht wohl genug fühle, sie zu empfangen. Er glaubte die Wahrheit zu sagen, der gute alte Herr, und es stimmte auch, daß er sich nicht ganz wohl fühlte, aber sicher nicht schlechter als vor seinem letzten Anfall. Jetzt jedoch wollte er die absolute Gesundheit des tätigen Mannes wiedererlangen, und so weit war es noch nicht.

Er fühlte sich besser, denn in ihm war das Vertrauen wiedererwacht. Dieses Vertrauen steigerte sich eine Zeitlang stetig und in direkter Beziehung zu seiner Hingabe an das Leben, das heißt an seine Arbeit. Als er eines Tages das Geschriebene wieder durchlas, entstand im Kopf des alten Herrn die Theorie, die reine Theorie, und aus dieser waren das junge Mädchen und er selbst ausgeschaltet. Vielmehr, die Theorie entstand eben durch diese doppelte Ausschaltung. Das junge Mädchen, das von ihm nur Geld erhielt, verlor bald jede Bedeutung. Selbst die stärksten Eindrücke lassen schließlich nur ein schwaches Echo in der Seele zurück, das man nur vernimmt, wenn man ihm nachspürt, und zu jenem Zeitpunkt hörte der alte Herr aus der Erinnerung an das Mädchen, das er geliebt hatte und das nicht mehr existierte, einen Chor jugendlicher Stimmen aufsteigen, die um Hilfe baten. Er selber aber machte infolge der Theorie eine doppelte Wandlung durch. Vor allem wurde er etwas ganz anderes als dieser alte Egoist, der ein junges Mädchen verführt hatte, um es zu genießen und nicht zu bezahlen, denn er sah, daß er nur einer von Tausenden gewesen war, die gerne das gleiche getan hätten oder taten. Deswegen mußte man nicht leiden. Sein schneeweißes Haupt trat neben tausend andere, und unter diesem Weiß verbarg sich bei allen die gleiche Gemeinheit. Nur er wurde jetzt ganz anders als alle andern! Er war der hohe, der reine Theoretiker, der sich durch seine Aufrichtigkeit von aller Gemeinheit befreit hatte. Die Aufrichtigkeit fiel allerdings leicht, denn es ging nicht darum, zu beichten, sondern zu studieren und zu entdekken.

Er schrieb nicht mehr für das junge Mädchen. Er hätte sich zu platt ausdrücken müssen, um von ihr verstanden zu werden, und das lohnte die Mühe nicht. Er schrieb jetzt, wie er glaubte, für die Allgemeinheit, möglicherweise auch für den Gesetzgeber. Erforschte er denn nicht ein wichtiges Gebiet der moralischen Gesetze, die seiner Meinung nach die Welt regieren müßten?

Unendlich war das Vertrauen, das ihm durch seine Arbeit zufloß. Die Theorie erforderte Zeit, und deshalb konnte man auch nicht sterben, ehe sie abgeschlossen war. Er glaubte, sich nicht beeilen zu müssen. Eine höhere Macht würde darüber wachen, daß er sein so wichtiges Werk zu Ende bringe. Mit seiner schönen und großen Handschrift schrieb er den Titel: «Über die Beziehungen zwischen Alter und Jugend.» Als er dann daranging, das Vorwort zu verfassen, dachte er, daß er für die Drucklegung eine schöne und sinnvolle Titelvignette zeichnen lassen sollte. Er konnte sich allerdings nicht vorstellen, wie sich die Plattform des Straßenbahnwagens mit dem jungen Mädchen an der Bremse und einem alten Herrn, der es von der Arbeit ablenkt, darin unterbringen ließe. Selbst dem besten Zeichner mußte es schwerfallen, mit diesen Elementen die Idee klar zum Ausdruck zu bringen. Dann hatte er eine Eingebung (es fehlte ihm also auch nicht an Eingebungen): Die Vignette sollte einen zehnjährigen Jungen darstellen, der einen betrunkenen alten Mann führt. Er ließ sogar einen Zeichner kommen, der die Zeichnung sofort ausführte. Es war ein Geschmiere; der alte Herr lehnte es ab und erklärte, sobald er wieder ganz gesund wäre, wollte er selber in der Stadt einen geeigneten Zeichner ausfindig machen.

Während der schönen Jahreszeit, die endlich gekommen war, begann der alte Herr schon in den frühen Morgenstunden zu schreiben. Bereitwillig hörte er dann mit dem Schreiben auf, um sich den üblichen Kuren zu unterziehen, denn das bedeutete für ihn keine Unterbrechung seiner Arbeit. Nichts vermochte seine Gedanken abzulenken, die weitergingen und sich ständig fortentwickelten. Sodann machte er sich bis zum Mittagessen wieder ans Schreiben. Danach schlief er ein Stündchen ruhig und traumlos in seinem Sessel und kehrte dann an seinen Arbeitstisch zurück, um schreibend und denkend bis zu seiner täglichen Ausfahrt mit dem Wagen dort zu verharren. Er fuhr nach Sant'Andrea, begleitet von seiner Pflegerin, zuweilen auch vom Arzt. Er tat ein paar Schritte am Strand. Er betrachtete den Horizont, an dem die Sonne unterging, mit einem ganz anderen Blick – so schien es ihm –, als er ihn früher für die Schönheiten der Natur gehabt hatte. Es war ihm, als habe er viel inniger teil an ihr, seitdem er über erhabene Probleme nachdachte, statt Geschäfte zu machen. Und er betrachtete das farbig leuchtende Meer und den klaren Himmel, gewissermaßen im Einklang mit all dieser Reinheit, weil er sich ihrer würdig fühlte.

Dann nahm er das Abendessen ein und verbrachte noch ein Stündchen damit, sich an seiner eigenen Arbeit zu erfreuen, indem er die beschriebenen Blätter durchsah, die sich nach und nach in einer Schublade seines Tisches anhäuften. In seinem keuschen Bett schlief er, in Gesellschaft seiner Theorie, einen ungetrübten Schlaf. Einmal träumte er von dem lieben Mädchen in den bunten Fetzen, und selbst im Traum erinnerte er sich nicht mehr daran, daß es auch das andere Mädchen mit den Seidenstrümpfen gab. Er sprach Deutsch mit ihr, das sie hinlänglich beherrschte. Es kam diesmal auch nichts mehr vor, was ihn erregte, und er hielt das für einen vortrefflichen Beweis wiedererlangter Gesundheit.

Er hätte gerne jemanden gehabt, dem er sein Werk hätte vorlesen können, um die Wirkung durch den eigenen Vortrag und in der Miene des Zuhörers zu erproben. Diese Erleichterung blieb ihm jedoch versagt. Aus der Erfahrung des Schriftstellers, die er sich bereits erworben hatte, wußte er, daß die Theorie einer großen Gefahr ausgesetzt ist: von der Linie abzuweichen, die die Wirklichkeit ihr vorzeichnet. Wie viele Manuskriptseiten hatte er nicht schon vernichten müssen, weil er sich vom Klang der Worte hatte verleiten lassen! Um sich zu helfen, hatte er auf einem besonderen Blatt, das er stets vor sich liegen hatte, seinen Ausgangspunkt niedergeschrieben: Der alte Mensch ist so beschaffen, daß die Macht, über die er verfügt, dem jungen gefährlich werden kann, der allein für die Zukunft der Menschheit wichtig ist. Darauf muß man ihn aufmerksam machen. Da er nun einmal durch sein langes Leben Macht erworben hat, ist es notwendig, daß er sie zum Nutzen des jungen Menschen einsetzt. Um bei der Wahrheit zu bleiben, bezog sich der Moralist dabei ausdrücklich auf sein eigenes Abenteuer: Es mußte erreicht werden, daß der alte Herr das junge Ding auf jener Plattform nicht begehrte, aber der Bitte des schönen Mädchens, ihm zu helfen, entsprach. Andernfalls würde das jetzt leidenschaftliche und verderbte Leben zwar rein, aber zu Eis.

Es folgten viele Ausrufungszeichen, um die Schwierigkeit der Aufgabe anzuzeigen, die der Moralist sich stellte. In der Tat, wie sollte man den alten Herren beweisen, daß es ihre Pflicht sei, sich um die Mädchen, die sie – falls es erlaubt wäre – gerne zu Geliebten hätten, nur wie um Töchter zu kümmern? Die Praxis lehrte, daß die alten Herren nur bereit waren, sich das Schicksal jener Mädchen zu Herzen nehmen, die sie bereits zu ihren Geliebten gemacht hatten. Es mußte bewiesen werden, daß es nicht nötig war, den Weg über die Liebe einzuschlagen, um zur Zuneigung zu gelangen.

Das Denken des alten Herrn kreiste um diesen Punkt: Einstweilen lächelte er, denn er meinte, mit dem Fortschreiten seiner methodischen Untersuchung werde es ihm gelingen, die Einzelheiten des Problems klarer zu sehen.

Er machte den Versuch, die Pflegerin zu seiner Arbeit

hinzuzuziehen. Er hätte von ihr nichts weiter verlangt, als daß sie ihm zuhörte. Schon bei seinen ersten Worten wurde sie wütend: «Was, Sie beschäftigen sich immer noch mit der da?»

Es war klar, daß jede Theorie im Keim erstickt wurde, wenn man damit anfing, das Mädchen, die eigentliche Mutter dieser Theorie, als «die da» zu bezeichnen.

Dann versuchte er es mit dem Arzt. Diesem schien die Theorie sehr zu gefallen. Der Arzt konstatierte eine ausgesprochene Besserung im Befinden des alten Herrn, und deshalb konnte ihm diese Theorie, die ihm nützlich schien, nur gefallen. Es fiel ihm jedoch schwer, sie für sich zu akzeptieren. Er war ebenfalls alt, da er sich aber der besten Gesundheit erfreute, betrachtete er das Leben mit dem intensiven Verlangen eines intelligenten Menschen und hätte es sich verbeten, von irgendeiner Lebensäußerung ausgeschlossen zu werden.

«Im Grunde genommen», sagte er zum alten Herrn, «mißt du uns da eine zu große Bedeutung bei. Gar so verführerisch sind wir nicht.» Er musterte erst den alten Herrn und dann sich selbst im Spiegel.

«Und doch verführen wir», sagte der alte Herr, durch seine eigene Erfahrung bestärkt.

«Wenn uns das gelingt, ist es doch gar nicht so schlecht», meinte der Arzt lächelnd.

Auch der alte Herr versuchte zu lächeln, aber es wurde eine Grimasse. Er wußte, daß es im Gegenteil sehr schlecht war.

Der Arzt besann sich nun darauf, daß er vor allem Arzt war, und diskutierte nicht länger über die Theorie, das heißt über das Heilmittel, dem er selbst Bedeutung beimaß. Er wollte sogar die Theorie unterstützen, etwas zu ihr beitragen, aber es versteht sich von selbst, daß er, wo immer er hingriff, die Phantasien des alten Herrn zerstörte: «Wenn du willst», sagte er zu dem alten Herrn, «besorge ich dir ein Werk mit dem Titel ‹Der alte Mensch›. Das Alter wird darin leider als eine Krankheit betrachtet. Freilich keine von langer Dauer.»

Der alte Herr wandte ein: «Das Alter eine Krankheit? Ein Teil des Lebens Krankheit? Und was wäre dann die Jugend?»

«Ich glaube, daß auch sie nicht die absolute Gesundheit ist», meinte der Arzt, «aber sie ist etwas anderes. Die Jugend zieht sich häufig Krankheiten zu, aber für gewöhnlich sind es Krankheiten ohne Komplikationen. Bei alten Leuten hingegen ist auch eine Erkältung eine komplizierte Krankheit. Das bedeutet immerhin etwas.»

«Es bedeutet nur, daß der alte Mensch schwach ist. Er ist» – der alte Herr schrie es triumphierend – «wirklich nichts anderes als ein schwächer gewordener junger Mensch.» Da hatte er es gefunden. Diese Entdeckung wurde zu einem Bestandteil seiner Theorie, und sehr zu ihrem Nutzen. «Eben deshalb, damit seine Schwäche nicht zur Krankheit werde, braucht er eine solide Moral.» Seine Bescheidenheit hielt ihn davon ab zu sagen, daß sein Werk diese Moral liefern werde, aber er dachte es.

Diese Unterhaltung mit dem Arzt, die so ergiebig für ihn verlaufen war, hätte ihn zu weiteren ermutigen sollen. Eines Tages aber verriet der Arzt allzu deutlich, was er wirklich dachte, und der alte Herr sah ein, daß es zwischen ihnen keinen Berührungspunkt gab.

Im Verlauf seiner umständlichen Untersuchungen mußte der alte Herr eines Tages auch die Frage klären, welche Rechte das Alter der Jugend gegenüber hat. Mein Gott! Die Bibel ist ja nicht umsonst geschrieben worden. Schuldete die Jugend dem Alter Gehorsam? Respekt? Liebe?

Der Arzt begann zu lachen, und wenn er lachte, enthüllte er gern seine innersten Gedanken. «Gehorsam? Unverzüglichen, denn alte Menschen darf man nicht warten lassen. Respekt? Alle jungen Mädchen von Triest auf die Knie, damit man leichter unter ihnen wählen kann. Liebe? Jene schöne und handfeste, den Arm um den Hals oder sonstwo und Mund auf Mund.»

Kurz, der arme alte Herr hatte kein Glück und fand nicht die ihm verwandte Seele. Er bedachte nicht, daß dem Arzt die Erfahrung des schweren Anfalls fehlte und er daher kein ebenso alter Herr war wie er.

Auch diese Auseinandersetzung hatte ihre Wirkung, aber eine negative. Verschiedene bereits beschriebene Blätter wurden von dem alten Herrn in Quarantäne geschickt, in einen weißen Bogen Papier eingeschlagen, auf den er schrieb: «Was schuldet die Jugend dem Alter?»

Zuweilen wurde die Theorie verworren, und es fiel schwer fortzufahren. Der alte Herr fühlte sich dann sehr schlecht. Er hatte die Arbeit beiseite gelegt, in der Meinung, eine kurze Ruhepause würde ihm die fehlende Klarheit verschaffen, aber wie leer verliefen die Tage! Sogleich war der Tod näher. Der alte Herr hatte jetzt Zeit, auf den unsicheren Schlag seines Herzens und auf seinen müden und geräuschvollen Atem zu achten.

In einem solchen Moment war es, daß er nach dem jungen Mädchen sandte und es bat, ihn aufzusuchen. Er hoffte, es würde genügen, sie wiederzusehen, um aufs neue die Gewissensbisse zu spüren, die der hauptsächliche Antrieb zum Schreiben gewesen waren. Aber nicht einmal von dieser Seite kam ihm die erhoffte Hilfe.

Das Mädchen hatte sich weiterentwickelt. Sie erschien hochelegant wie das letzte Mal und erwartete offenbar, mit Küssen empfangen zu werden. Der alte Herr war nicht sehr streng, und diesmal nicht aus Verlegenheit, sondern weil ihm wenig daran lag. Er liebte jetzt die Jugend in ihrer Gesamtheit, die männliche und die weibliche, das liebe Mädchen in den bunten Fetzen inbegriffen, aber ganz und gar nicht diese Puppe, die so stolz auf ihre Kleider war, daß sie vor dem Spiegel von ihnen sprach.

Sie hatte sich jedoch so weit entwickelt, daß sie sich bei ihm beklagte, sie komme mit dem Geld nicht mehr aus, und ihn bat, seine Zuwendungen zu erhöhen.

Da aber besann sich der alte Herr auf seine alte Erfahrung als Geschäftsmann. «Warum glaubst du denn, ich sei dir Geld schuldig?» fragte er lächelnd.

«Hast du mich denn nicht verführt?» fragte das arme Ding, das offenbar von irgend jemand instruiert worden war.

Der alte Herr blieb gelassen. Leider wurde ihm bei dem Vorwurf weder heiß noch kalt. Er widersprach und erklärte, zur Liebe gehörten zwei und er habe weder Gewalt noch List angewandt.

Sie ließ sich sogleich überzeugen und bestand nicht länger darauf. Vielleicht bereute sie es schon und es war ihr peinlich, daß sie so zu ihm gesprochen hatte, sie, die immer bemüht gewesen war, uneigennützig zu erscheinen.

Um sie noch sanfter zu stimmen und weil er hoffte, wenigstens einen Bruchteil der einstigen Gemütsbewegung wieder zu verspüren, erzählte er ihr, daß er sie in seinem Testament bedacht habe.

«Ich weiß es, und ich danke dir», sagte sie. Der alte Herr übersah den merkwürdigen Umstand, daß sie über sein Testament, das er doch völlig geheimgehalten hatte, etwas zu wissen glaubte, und nahm ihren Dank entgegen.

Diese Unterredung enttäuschte ihn derart, daß er sich vornahm, sein Testament zu ändern und den Rest seines Vermögens irgendeinem Wohltätigkeitsinstitut zu vermachen.

Er unternahm nur deshalb nichts, weil Theoretiker sehr langsame Menschen sind, wenn es darauf ankommt zu handeln.

X

Und so sah sich der alte Herr ganz allein mit seiner Theorie konfrontiert.

Inzwischen hatte er das überaus lange Vorwort zu seinem Werk beendet, und es war, seiner Meinung nach, glänzend ausgefallen, so daß er es immer wieder las, um sich zu weiterer Arbeit anzuspornen.

In diesem Vorwort hatte er sich lediglich vorgenommen zu beweisen, daß die Menschheit sein Werk brauche. Er wußte es nicht, aber das war der leichteste Teil seines Werkes. Jedes Werk nämlich, das eine neue Theorie aufstellen will, zerfällt in zwei Teile. Der erste gilt der Zerstörung der bisher vorhandenen Theorien oder, noch besser, der Kritik an den herrschenden Zuständen, während dem zweiten Teil die schwierige Aufgabe zufällt, die Dinge auf einer neuen Basis wiederaufzubauen; eine recht schwierige Sache. Da hatte ein Theoretiker zu Lebzeiten zwei dicke Bände veröffentlicht, um nachzuweisen, daß es auf der Welt schlecht und höchst ungerecht zugehe. Die Welt sprang aus den Angeln und renkte sich auch nicht wieder ein, als die Erben des Theoretikers den dritten, nachgelassenen Band veröffentlichten, der dem Wiederaufbau der Dinge gewidmet war. Eine Theorie ist stets etwas Kompliziertes, und wenn man sie aufstellt, übersieht man nicht gleich alle ihre Folgen. So können Theoretiker auftauchen, die die Ausrottung eines bestimmten Tieres predigen, zum Beispiel der Katzen. Sie schreiben und schreiben und bemerken nicht gleich, daß rings um ihre Theorie und als deren Folge die Mäuse zu wimmeln beginnen. Erst sehr spät kommt der Theoretiker darauf, in welche Verlegenheit er da geraten ist, und fragt sich besorgt: «Was fang ich jetzt mit den Mäusen an?»

Mein alter Herr war von einer solchen Verlegenheit noch weit entfernt. Es gibt nichts Schöneres und nichts liest sich flüssiger als das Vorwort zu einer Theorie. Der alte Herr machte die Entdeckung, daß der Jugend auf dieser Welt etwas fehlte, durch das die Jugend noch schöner würde: gesunde alte Menschen, die sie lieben und ihr beistehen. Auch das Vorwort erforderte Studien und Gedankenarbeit, denn es sollte die ganze Weite des Problems abstecken. Der alte Herr begann also mit dem Anfang, wie die Bibel. Die Alten hatten sich – als sie noch nicht so alt waren – in den Jungen fortgepflanzt, und dies mit großer Leichtigkeit und einigem Vergnügen. Es ist schwer festzustellen, ob sich das Leben beim Übergang von einem Organismus auf den anderen weiterentwickelt oder verbessert hat. Die hinter uns liegenden Jahrhunderte der Geschichte waren zu kurz, um aus ihnen Erfahrung schöpfen zu können. Die Fortpflanzung könnte aber einen geistigen Fortschritt mit sich bringen, wenn es zu einer vollkommenen Gemeinschaft zwischen den Alten und den Jungen käme und sich eine gesunde Jugend auf ein vollkommen gesundes Alter stützen könnte. Zweck des Buches war es also zu beweisen, daß zum Wohle der Welt ein gesundes Alter notwendig sei. Dem alten Herrn zufolge hing die Zukunft der Welt, das heißt die Kraft der Jugend, die diese Zukunft bildet, vom Beistand und der Unterweisung des Alters ab.

Das Vorwort hatte noch einen zweiten Teil. Wenn der alte Herr gekonnt hätte, hätte er noch viele Teile geschrieben. Der zweite Teil versuchte, den Vorteil nachzuweisen, der dem alten Menschen aus einem reinen Verhältnis zur Jugend erwüchse. Den eigenen Kindern gegenüber fiel die Reinheit leicht, aber sie durfte auch im Umgang mit den Altersgenossen der Kinder nicht befleckt werden. Die Alten würden – wenn sie rein blieben – länger und gesünder leben, was seiner Ansicht nach für die Gesellschaft von großem Nutzen wäre.

Das erste Kapitel war gleichfalls ein Vorwort. Man mußte doch den gegenwärtigen Zustand der Dinge beschreiben! Die Alten mißbrauchten die Jugend, und die Jugend verachtete die Alten. Die Jungen verfaßten Gesetze, um zu verhindern, daß die Alten weiter die Führung der Geschäfte behielten, und die Alten setzten ihrerseits Gesetze durch, um den Aufstieg der Jungen zu verhindern, solange sie noch zu jung waren. Offenbarte diese Rivalität nicht einen für den menschlichen Fortschritt verderblichen Zustand? Was hatte das Lebensalter mit der Wahrnahme öffentlicher Ämter zu tun?

Diese Vorworte, die ich hier nur in ihren wesentlichen Zügen wiedergebe, gaben dem armen alten Herrn für viele Monate Beschäftigung und Gesundheit. Es folgten weitere Kapitel, die ihm ziemlich leicht von der Hand gingen und ihn trotz seines geschwächten Körperzustands nicht sehr anstrengten: die polemischen Kapitel. Eines sollte die Behauptung entkräften, daß das Alter eine Krankheit sei. Der alte Herr meinte, dieses Kapitel sei ihm besonders gut gelungen. Wie konnte man denn glauben, das Alter, das nichts anderes war als die Fortsetzung der Jugend, sei eine Krankheit? Es mußte also ein weiteres Element hinzukommen, um die Gesundheit in Krankheit zu verwandeln; dieses Element vermochte der alte Herr nicht zu finden.

Das Werk sollte nach dem Plan des alten Herrn in zwei Teile zerfallen. Der erste Teil sollte davon handeln, wie man die Gesellschaft organisieren müßte, um gesunde alte Menschen zu bekommen, und der zweite von der Organisation der Jugend, um deren Beziehungen zum Alter zu regeln.

Hier aber fand sich der alte Herr immer wieder von nagenden Zweifeln in seiner Arbeit unterbrochen. Ich erwähnte schon jene Blätter, die er beiseite gelegt und in einen Bogen Papier eingeschlagen hatte, mit der Absicht, sie wieder hervorzuholen, sobald gewisse Zweifel geklärt wären. Danach kamen noch viele neue Bündel hinzu.

So mußte er immer daran denken, daß in seinem Abenteuer mit dem jungen Mädchen das Geld eine wichtige Rolle gespielt hatte. Während mehrerer Tage schrieb er, man müsse das Geld (das zumeist den alten Leuten gehört) beschlagnahmen, damit es nicht der Verführung dienen könne, und es ist erstaunlich, daß so viele Stunden verstreichen mußten, ehe er gewahr wurde, wie schmerzlich es für ihn wäre, wenn man ihn seines Geldes beraubte. Da hörte er auf, über dieses Thema zu schreiben, und legte die Blätter beiseite, bis er mehr Klarheit gewonnen hätte.

Ein anderes Mal gedachte er darzulegen, wie man schon von der ersten Volksschulklasse an darauf hinweisen müsse, daß es der Zweck des Lebens sei, ein gesunder alter Mensch zu werden. Wenn die Jugend sündigt, dann leidet sie nicht und verursacht auch keine besonderen Leiden. Die Sünde eines alten Menschen aber entspricht ungefähr zwei Sünden eines jungen. Eine zusätzliche Sünde ist das Beispiel, das er gibt. Somit müßte man – dem Theoretiker zufolge – von allem Anfang an erforschen, wie man gesund altert. Aber dann schien ihm, daß in diesem Gedankengang der Weg zur Tugend nicht genau vorgezeichnet sei. Wenn die Sünde des jungen Menschen von so geringer Bedeutung war, wo sollte dann die Erziehung des alten beginnen? Und auf das Umschlagblatt, in dem er diese Blätter begrub, notierte er: «Untersuchen, wann die Erziehung des alten Menschen beginnen soll.»

Es gab Manuskriptseiten, auf denen der alte Herr sich bemühte zu beweisen, daß man sich, um ein gesundes Alter zu erlangen, mit gesunden jungen Menschen umgeben müsse. Die Methode, die Blätter beiseite zu legen und nicht zu vernichten, förderte die Widersprüche, ohne daß der Autor ihrer gewahr wurde. Auf diesen letzten Seiten verriet der Autor einen gewissen Zorn auf die Jugend. Eigentlich war es doch so, daß das Alter gar nicht sündigen könnte, wenn die Jugend gesund wäre. Schon ihre größere physische Kraft schützte sie vor Anschlägen. Auf dem Bogen, der so viel Psychologie einhüllte, stand zu lesen: «Bei wem hat die Moral zu beginnen?»

So häufte der alte Herr Zweifel auf Zweifel und meinte, damit irgend etwas aufzubauen. Aber der Kampf überstieg seine Kräfte, und als der Winter wiederkam, mußte auch der Arzt einen weiteren physischen Verfall des Patienten feststellen. Er ging der Ursache nach und fand schließlich, daß die Theorie, die ursprünglich so sehr genützt hatte, nunmehr schadete. «Warum wählst du nicht ein anderes Thema?» fragte er. «Du müßtest diese Arbeit zur Seite legen und dich mit etwas anderem befassen.»

Der alte Herr wollte sich ihm nicht eröffnen, sondern versicherte, daß er nur so vor sich hin schreibe, um sich irgendwie die Zeit zu vertreiben. Er fürchtete den Blick des Kritikers, meinte aber, er müsse ihn nur so lange fürchten, wie das Werk nicht vollendet sei.

Diesmal hatte das Einschreiten des Arztes keine günstige Wirkung. Der alte Herr wollte das Werk zu Ende bringen, indem er einen Zweifel nach dem anderen klärte, und er begann damit, nochmals die Frage zu prüfen, was die Jugend dem Alter schulde. Er schrieb mehrere Tage hindurch in wachsender Erregung, dann verweilte er weitere Tage am Tisch und las das Geschriebene wieder und wieder durch.

Er hüllte die alten und die neuen Blätter abermals in das Leichentuch, auf dem die Frage stand, die er nicht zu beantworten wußte. Darunter schrieb er keuchend mehrmals das Wort: «Nichts!»

Man fand ihn erstarrt, die Feder im Mund, über die sein letzter Seufzer geglitten war.

Anmerkungen und Erläuterungen

1 Der Viale Sant'Andrea ist eine schöne, breite Allee im gleichnamigen Stadtteil, die am Meer entlangführt. Er erstreckt sich vom Campo Marzio bis zum Lloyd-Arsenal, Richtung Servola, und verbindet den Binnenhafen mit dem Viertel der Schiffswerften und Werkstätten. Die Straßenbahnlinie (vermutlich die Nummer 9), die der gute alte Herr benutzt, führt ihn von der Stätte der Arbeit in die des Handels, von der Peripherie ins Zentrum, von der Welt des Proletariats in die Welt des Bürgertums.

2 Ein 1842 fertiggestelltes weitläufiges Gebäude mit einer kreuzförmig angelegten, glasgedeckten Galerie. Dort sowie in den ebenerdig gelegenen Sälen wurde zwischen 12 und 2 Uhr mittags die Börse abgehalten. Außerdem befanden sich hier die Lesesäle des österreichisch-ungarischen Lloyd und der Gesellschaft der Kaufleute, in denen mehr Zeitungen auslagen als in irgendeinem anderen Lesekabinett Europas. Es gab auch Spielsäle und Cafés, die Svevo selbst, wie auch seine Romanfigur Zeno Cosini, gerne besuchte. In der zweiten Etage hatte die Zweigstelle der Wiener Union-Bank ihren Sitz, in der Svevo achtzehn Jahre lang arbeitete.

3 Campo Marzio (‹Marsfeld›) war in der römischen Zeit Triests ursprünglich Exerzierplatz. Er bezeichnet heute die gleichnamige Straße und ihre Umgebung, der hier 1905 errichtete Bahnhof wurde in der Mitte der zwanziger Jahre von Sant'Andrea in Campo Marzio umgetauft.

4 Rätoromanische Mundart, die im Friaul geprochen wird und bis zum Ende des 18. Jahrhunderts auch in Triest geläufig war. Während man in Friaul bestrebt ist, dem Friaulischen das Ansehen einer eigenständigen, in der Schule zu lehrenden und zu

pflegenden Sprache zu verleihen, hat man es in Triest immer nur als einen gewöhnlichen italienischen Dialekt betrachtet. Daher die Heiterkeit des alten Weibes.

5 Gemeint ist die Mole San Carlo, 1918 nach dem dort anlegenden ersten italienischen Kriegsschiff, dem Zerstörer Audace, in Molo Audace umbenannt.

6 Die Hermada-Höhe ist ein knapp 300 m hoher Berg, 20 km von Triest entfernt, bei Sistiana gelegen. Im Ersten Weltkrieg fanden dort äußerst heftige und blutige Kämpfe statt.

7 Die Schlacht bei Karfeit (Caporetto) führte 1917 zur größten Niederlage der italienischen Armee im Ersten Weltkrieg.

Pitigrilli

Pitigrilli war der italienische Skandal-Autor der zwanziger Jahre. Mit bürgerlichem Namen Dino Serge, 1893 in Turin geboren, fiel er schon früh durch ungebührliche Fragen und brillant-kritische Artikel auf. Für kurze Zeit arbeitete er als Redakteur und Zeitungskorrespondent in Paris. 1939 mußte Pitigrilli wegen seiner jüdischen Herkunft aus Italien auswandern, zuerst in die Schweiz, dann nach Argentinien. 1975 starb er in Turin.

Betrüge mich gut
(rororo 12179)
Bei seinem Erscheinen in den zwanziger Jahren ließ dieses Buch die Wellen der Empörung über Pitigrilli zusammenschlagen.

Der falsche Weg *Roman*
(rororo 5987)
Morbide Süße verströmt die Passion des jungen Attilio für welkende Schönheiten...

Die Jungfrau von 18 Karat
Roman
(rororo 12150)
Eine Liebesgeschichte fernab der gesellschaftlichen Zwänge, voll kluger Sinnlichkeit und subtiler Erotik.

Ein Mensch jagt nach Liebe
Roman
(rororo 5979)
Geistvoll, herzerfrischend trivial und voller Ironie erzählt Pitigrilli die Geschichte des Richters Pott, der von seinem Beruf angewidert und fasziniert von einer Frau sein Glück als Zirkusclown sucht.

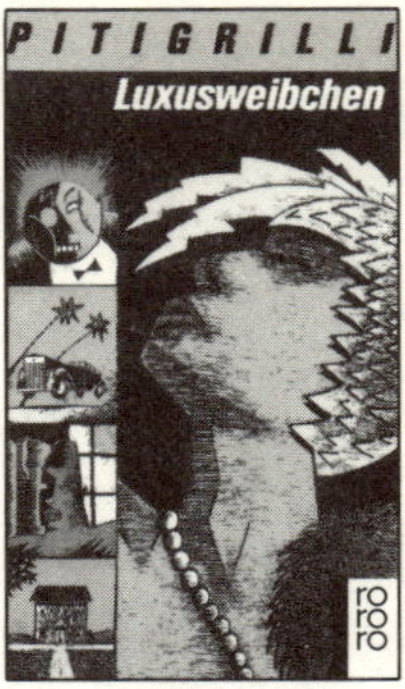

Luxusweibchen
(rororo 12201)
Verblüffend, wie Pitigrillis böse Humoresken, in den zwanziger Jahren entstanden, treffsicher die Edelgeschöpfe der neunziger porträtieren.

Kokain *Roman*
(rororo 12225)
Ein junger Journalist flüchtet nach Paris und gerät auf der Suche nach immer ausgefalleneren Reportagen in einen Strudel dekadenter Abenteuer.

Vegetarier der Liebe
(rororo 12240)
Ein Reigen buntschillernder, skurriler Charaktere, geschildert mit Pitigrillis typischer heiter-gelassener Gnadenlosigkeit.

«Was war das Gefährliche an Pitigrilli? Die freimütige Gewandtheit, mit der er die Mythen seiner Gesellschaft behandelte, der Skeptizismus, die ironische Nüchternheit, mit der er von Ehebruch sprach und von falschen Ideologien.» Umberto Eco

rororo Unterhaltung

3262/1

Alberto Moravia

Alberto Moravia, 1907 in Rom geboren, war als Jugendlicher jahrelang ans Bett gefesselt. Gleich nach seiner Genesung, 1925, begann er zu schreiben. Spielerisch und virtuos sezierte er die sexuellen Obsessionen unter der bürgerlichen Oberfläche und erschuf kleine Mikrowelten der verborgenen Lust. Sein Roman «Die Gleichgültigen» wurde von Mussolinis Faschisten verboten; Moravia verließ Italien und ging als Zeitungskorrespondent nach Griechenland, England, China, Rußland und Amerika. Nach der Befreiung seines Landes kehrte er zurück und wurde für sein Werk mit hohen Literaturpreisen ausgezeichnet. Mehrere seiner Romane sind erfolgreich verfilmt worden. Alberto Moravia starb 1990 in Rom.

Agostino *Roman*
(rororo 5630)

Ein anderes Leben *Erzählungen*
(rororo 4083)

Desideria *Roman*
(rororo 4757)

Die Frau im schwarzen Cape
Erzählungen
(rororo 12277)

Gefährliches Spiel *Roman*
(rororo 331)

Die Gleichgültigen *Roman*
(rororo 570)

Die Lichter von Rom *Neue römische Erzählungen*
(rororo 5628)

rororo Literatur

Ich und Er *Roman*
(rororo 1666)

Inzest *Roman*
(rororo 1077)

La Noia *Roman*
(rororo 876)

Der Konformist *Roman*
(rororo 5629)

Die Verachtung *Roman*
(rororo 5627)

1934 oder Die Melancholie
Roman
(rororo 5485)

Ein Verzeichnis sämtlicher Rowohlt-Taschenbücher von Alberto Moravia finden Sie in der Rowohlt Revue – jedes Vierteljahr neu und kostenlos in Ihrer Buchhandlung.

José Saramago

José Saramago, geboren 1922 in Azinhaga, einem Dorf in der portugiesischen Provinz Ribatejo, entstammt einer Landarbeiterfamilie. Er arbeitete als Maschinenschlosser und technischer Zeichner und wurde später Mitarbeiter eines Verlags und Journalist bei verschiedenen Lissabonner Zeitungen. Ab 1966 widmete er sich verstärkt der schriftstellerischen Tätigkeit. Heute gehört er zu den bedeutendsten Autoren seines Landes.

Geschichte der Belagerung von Lissabon
Roman. Gebunden
Was passiert mit Geschichte und Geschichten, wenn man statt «ja» «nein» sagt? Ein politischer Roman mit Raum für Utopie, ein Roman über das Schreiben, eine wunderschöne Liebesgeschichte von Portugals bedeutendstem Romancier.

Hoffnung im Alentejo *Roman*
rororo 12157
Die Geschichte einer Tagelöhnerfamilie über vier Generationen, von der Jahrhundertwende bis kurz nach der Revolution 1974.

Das Memorial *Roman*
rororo 13108 und als gebundene Ausgabe
Überschwang und Bilderreichtum des magisch–historischen Romans finden ihr Widerspiel in der kühlen Ironie des Autors: Ein Lob Gottes, geschrieben von einem Atheisten, zur Musik von Scarlatti. Das Buch zeigt Europa an der Schwelle zur Aufklärung – geschrieben von einem, der weiß, was aus ihr wurde.

rororo Literatur

Handbuch der Malerei und Kalligraphie
Roman
rororo 13321 und als gebundene Ausgabe
«José Saramago reiht sich mit diesem Roman in die große Tradition europäischer Künstlerromane ein.»
Süddeutsche Zeitung

Das steinerne Floß
Roman. Gebunden
«Die Verschmelzung von mythologischen und realistischen Elementen von Vergangenheit, Gegenwart und Zukunft gibt dieser in langen Sätzen schwingenden Prosa einen eigenen Reiz.»
Spiegel spezial

Das Todesjahr des Ricardo Reis
Roman. Gebunden
«Saramago ist zweifellos ein geborener Erzähler.»
World Literature Today

3309/1

Carlos Fuentes

Carlos Fuentes wurde 1928 in Mexico City geboren, verbrachte seine Kindheit im glitzernden Amerika der dreißiger Jahre. Er begann eine Karriere als Diplomat, unter anderem als Botschafter in Paris. Wichtiger aber war ihm das Schreiben. Sein literarisches Werk machte ihn zu einem der bedeutendsten Autoren Lateinamerikas. 1988 erhielt er den «Miguel de Cervantes-Preis», die höchste literarische Auszeichnung Spaniens.

Der alte Gringo *Roman*
(rororo 12428)
Im November 1913, einundsiebzigjährig und vom Asthma geschüttelt, verließ der amerikanische Schriftsteller Ambrose Bierce die Stadt San Francisco, stürzte sich in das blutige Chaos der mexikanischen Revolution und ward nie wieder gesehen. «... ein großartiges, ein farbiges, facettenreiches, spannendes Buch.» Die Welt
«Der alte Gringo» wurde mit Gregory Peck und Jane Fonda erfolgreich verfilmt.

Chac Mool *Erzählungen*
(rororo 12390)
Alle Figuren dieser acht Erzählungen werden das Opfer ihrer Begierden. Unausweichlich geraten sie aus einer scheinbar alltäglichen Situation in eine existentielle Krise.

Verbranntes Wasser *Vier Erzählungen*
(rororo 12456)
Ein Erzähl-Quartett des großen lateinamerikanischen Autors.

rororo Literatur

Hautwechsel *Roman*
(rororo 12398)
Vier Reisende wollen von Mexico City nach Veracruz, ohne dort je anzukommen. In einem stinkenden Hotel müssen sie eine endlose Nacht durchstehen, durchlieben, durchbeichten.

La Campaña *Roman*
(rororo 13164)
Als 1810 in Buenos Aires eine Junta die Macht übernimmt, vertauscht der glühende Freiheitskämpfer Baltasar Bustos das kleine Kind Ophelia der Frau eines Hofbeamten mit dem Säugling einer schwarzen Hure. Doch seine Tat wendet sich schon bald gegen ihn.

«Mit García Márquez und dem Peruaner Mario Vargas Llosa zusammen muß Carlos Fuentes zweifellos zu den drei größten lebenden Autoren seines Kontinents gerechnet werden.»
Frankfurter Allgemeine Zeitung